AF193259

Círculo Rojo
EDITORIAL

UN ÁNGEL PARA ÉL

UN ÁNGEL PARA ÉL

Meicker Chacon

Círculo Rojo
EDITORIAL

Primera edición: agosto 2025

Depósito legal: AL 5471-2025

ISBN: 979-13-7016-765-3

Impresión y producción: Editorial Círculo Rojo

© Del texto: Meicker Chacon
© Maquetación y diseño: Equipo de Editorial Círculo Rojo

Editorial Círculo Rojo

www.editorialcirculorojo.com

info@editorialcirculorojo.com

Impreso en España - Printed in Spain

Índice

PRÓLOGO

Hay cosas que no se ven, pero se sienten. Como un escalofrío que recorre todo tu cuerpo cuando estás a punto de derrumbarte por completo. El dolor tiende a ser intenso, porque solo tú lo sientes. A veces, hasta el cielo podría escucharte en medio del silencio.

"Un ángel para él" no es solo una historia de ciencia ficción. Es un llamado. Un grito en la oscuridad. Una afirmación de que, aunque las heridas sean profundas, incluso en ese último instante en el que estás a punto de rendirte, puedes descubrir que no estás solo. Todo puede cambiar.

Quise representar a Josué como un chico común y corriente, como tú o como yo. De esos que caminan por ahí escuchando música a todo volumen, mostrando una gran sonrisa que esconde más de lo que parece. Algunos somos los que otros olvidan, pero hasta un perro callejero puede tener a alguien que vele por él.

También quise representar a ese ser que vela por nosotros y que, en algún momento de nuestras vidas, todos necesitamos. De alguna forma, aparecerá... o lo buscaremos. Ese ser es Michael Malevich, el ángel guardián que conocerás a lo largo de esta historia. Ha esperado dieciocho años para encontrarse con el alma que debe proteger. Si él pudo esperar tanto tiempo para acudir al llamado de su protegido, ¿por qué tú no podrías hacer lo mismo? Ese ser inmenso puede estar ahí, desde lo alto, esperando a que despiertes y le pidas ayuda. Pero no basta con susurrar: si no gritas, no serás escuchado. A veces, el silencio debe romperse para que tu destino pueda cambiar.

Este libro es una travesía entre planos, entre realidades, mitos, creencias y folclore de todo el mundo. Una historia que podría hacerte cuestionar si todo lo que conocemos es real o falso. Y si llegaste hasta aquí... tal vez ya estés listo para abrir la ventana al cambio y dejar que las plumas caigan por doquier.

CAPÍTULO I
UN NUEVO AMIGO

Desde hacía tiempo, el ángel había sentido que no debería estar allí. Anhelaba experimentar las emociones que percibían aquellos que habitaban en la Tierra, pero siempre se encontraba con una realidad desoladora: almas corrompidas o rotas en cada rincón que visitaba, una experiencia desagradable que lo entristecía.

Ese desapego lo llevaba a considerar la idea de no regresar, de abandonar sus tareas celestiales, si no fuera por... Aunque, en realidad, eso no era importante. Lo que lo abrumaba era la persistente interrogante que lo asaltaba en solitario: ¿acaso siempre presenciaría cómo se extinguían las almas sin encontrar un verdadero propósito?

Mucho antes de que el universo comenzara su danza cósmica, a cada ángel se le asignaba la sagrada tarea de velar por las almas concedidas para la vida en aquel plano terrenal. A él le había correspondido una tarea ardua, pero no imposible. Aunque a menudo resultaba un poco difícil; siempre encontraba algo singular en las personas que cruzaban su camino, incluso cuando parecían seres extraños. No le agradaba de esa tarea que él era el único asignado a una alma que no había buscado su protección; sin embargo, le complacía asumir esa responsabilidad y cuidar de ella.

El ángel no lograba comprender las complejidades de las emociones humanas, ni qué significaba sentir lástima por ellos. ¿Acaso todas las almas eran iguales? Era una cuestión relativa, pues cada alma era única en su esencia. Aun así, se recordaba a sí mismo que su deber era, simplemente, cumplir con su tarea, aunque los humanos ni siquiera fueran conscientes de su existencia y buscaban soluciones a sus problemas sin considerar su ayuda.

Al observar cómo las almas vagaban por las calles, desde su perspectiva celestial, presenciaba cómo algunas se quebraban frente a otras. A pesar de la negación de la derrota, algunas aún se aferraban a sus fuerzas para seguir adelante. Esto hacía que el ángel reflexionara sobre la singularidad de ciertas almas y su deseo de protegerlas de cualquier daño.

—Michael, no lo sé, ¿y cómo sientes eso, si eres de aquí, al igual que yo? —interrumpió Gabriel a su compañero, invadiendo sus pensamientos y saliendo de un rincón.

—No lo sé, solo lo siento —le contestó.

Mientras tanto, en el palacio celestial, los ángeles continuaban su discusión sobre el destino de las almas humanas, ajenos al pequeño drama que se desarrollaba en la Tierra. Sin embargo, en el vasto entramado del universo, cada pequeño acontecimiento estaba interconectado de una manera que solo el tiempo revelaría.

—Sal del cuarto, Josué, ¡ya está lista la cena! ¿O piensas cenar aire, igual que todos los días?

—Ya voy, mamá. Dame unos minutos, ya que estaba a punto de quedarme dormido.

Al bajar al comedor, Josué se tocó la cara, como revisando que no tuviese nada en ella para proponerse tomar asiento. En eso, su madre le preguntó por qué la tenía húmeda, como si hubiera llorado por un largo tiempo; él bajó la mirada y, luego, volvió a mirar a su mamá a los ojos y, arrogante, le dijo:

—No, estoy bien. No lloré y, si hubiese sido así, no habría bajado a cenar con ustedes.

Mientras comían, mentalmente, Josué recordó que, en varias ocasiones durante la comida junto a su familia, había dejado caer lágrimas encima de la mesa. Los demás siempre le preguntaban qué le pasaba, pero él nunca daba respuesta; solo sonreía y terminaba su plato para irse a su alcoba.

Luego de la cena, Josué solo se levantó, tomó su loza y la lavó. Al irse al cuarto, les dijo «buena noche» a sus parientes y se fue directo a su alcoba, subiendo las escaleras cabizbajo. Mayormente, Josué era de esos chicos que solo la pasaban en su alcoba, escuchando sus discos y tratando de no perder la cabeza pensando. O solía estar en su mismo estudio y reprimir muchas cosas que sentía. Aprendió a sonreír, a pesar de que las circunstancias no fueran alegres.

El catorce de febrero, el mes del amor y la amistad, Josué fue lastimado por tercera vez por un chico malo, que él apreció por mucho tiempo. Le había entregado sus sentimientos, alejándose de su familia y de la poca esperanza que tenía acumulada tras el último incidente.

Esa misma noche, la pesadez de su depresión me envolvía mientras intentaba consolarlo, pero él estaba tan sumido en su dolor que no percibió mi presencia. A veces, me cuestiono si realmente encajo aquí; si debería estar cuidándolo, cuando ni siquiera sabe que estoy a su lado. Fue una noche desgarradora; sentí su corazón despedazarse en mil pedazos, más intensamente que nunca. Llegó un momento en que me sentí impotente, sin tener idea de qué hacer para ayudarlo. Entonces, de repente, dijo algo en voz alta; algo que para mí, después de tantos años de existencia, fue completamente inesperado.

Desde su cama, entre lágrimas y desesperación, Josué se dijo a sí mismo:

—Si de verdad existen Dios y los ángeles (mi bisabuela solía decir que existían), ¿por qué no están aquí? Debería haber alguien a mi lado desde el más allá, o un ángel guardián que me cuide desde el Cielo. En este momento de mi vida, pido ayuda ante ellos, si están aquí con nosotros. Aceptaría la ayuda de alguien, sea bueno o malo. ¡De verdad, alguien! —Luego se tapó la cara con la almohada.

—He esperado dieciocho años para escuchar esas palabras de tu propia voz, de tus propios labios —atravesó sus pensamientos como un golpe eléctrico.

—¡¿Quién anda ahí?! ¡Si no contestas, llamaré a la Policía! —exclamó Josué, levantándose de golpe.

Sus ojos escudriñaron desesperadamente la habitación, buscando la figura que se había fijado en su mente. Un escalofrío recorrió su espalda mientras la sensación de presencia inexplicable lo invadía.

—¡No deberías asustarte! Tú mismo me has llamado aquí —continuó la voz, con una intensidad que parecía llenar cada rincón de la habitación. Josué sintió un escalofrío recorrer su espalda mientras luchaba por comprender lo que estaba sucediendo—. Sin más que decir, soy tu ángel de la guarda —concluyó la voz, su tono resonando con autoridad y un toque de misterio. Josué se quedó sin habla, asimilando lentamente las claras palabras que había escuchado.

—¿Pero quién eres? ¿Cómo entraste? ¿Qué quieres? —respondió, nervioso, Josué a aquella voz en su mente, mientras sujetaba la almohada contra su cuerpo como si fuera su única protección. Su voz temblaba ligeramente y su corazón latía con fuerza mientras esperaba una respuesta que explicara el inexplicable encuentro.

En ese mismo instante, solo se escuchó el aleteo de unas grandes alas. Sin embargo, en lugar de asustarlo aún más, esto lo dejó con muchas dudas. Josué observó a su alrededor, pero no pudo ver nada más que la oscuridad. Decidió que lo mejor sería recostarse y dejar que todo se calmara; aunque su mente seguía dando vueltas, tratando de encontrar una explicación para lo que acababa de experimentar.

Después de varios días desde que, por primera vez, Josué pudo oír a su guardián alado, no dejaba de pensar que, aquella noche, alguien habló en el silencio de su dolor para brindarle un poco de alegría. A pesar del miedo por aquella voz, una reconfortante energía acarició su corazón, haciéndolo sentir un poco mejor; aunque solo fuera con su presencia.

Mientras tanto, en el gran palacio celestial, las plumas caían por todas partes. Gabriel tomó a Michael por el brazo y lo sacudió con urgencia.

—Estás como muy contento, Michael Malevich, ¿no?

—Supongo, ¿sabes qué es o cómo se siente la felicidad? Sueles decir que tú no sabes nada de eso.

—Será porque, desde mi existencia, fui uno de los primeros en tener un alma asignada y protegerla. Estos me han invocado desde pequeños, mientras que, a otros como tú, no. —Enfatizó la negación con sus manos.

—¡Ey, déjalo ya! Mejor vete —Le quitó sus dedos con la mano, para luego darle un empujón pequeño con su puño—. Prefiero buscar a alguien con quien pueda hablar sin que me restriegue sus plumas en la cara. A otros parece que se les ha subido la fama a la cabeza, y no necesito más de eso.

—Sí, es cierto, mejor me voy. No quiero llenarme de tus tristes emociones prefabricadas. —Gabriel se alejó con desdén.

En ese momento, Michael apretó un puño y se encaminó hacia el espejo, justo frente al gran globo terráqueo en el centro de observación de los arcángeles, que veía todo lo que su reflejo le mostraba. Por ahora, Josué no había formado lazos emocionales con ninguna otra alma, lo alegraba. Sin embargo, descubrió cómo era tocar su alma, para realmente comprender su estado emocional.

Por otro lado, se encontraba plagado de dudas sobre aquella misteriosa voz y deseaba saber quién o qué había sido. Recordaba lo que había dicho esa noche y buscaba en su mente cualquier indicio de haber llamado a alguien, pero no encontraba nada. Además, se sentía mal por no recordar haber llamado a nadie, ni haber mencionado el nombre de ninguna persona en particular.

Se sentó en su cama, después de haber pasado gran parte del día estudiando para un examen que, posiblemente, tendría al día siguiente. Revisó de forma meticulosa los contenidos de clase mientras su mente divagaba en recuerdos de las historias que su bisabuela solía contar sobre los ángeles de la guarda. Según ella, a cada persona, desde que nacía, se le asignaba uno para cuidar y proteger su alma del mal.

Mientras Josué se sumergía en el pasado, se preguntó a sí mismo: «¿Será que a mí también me fue asignado uno?». En ese momento, una larga oración resonó en su mente: «Ángel de mi guarda, dulce compañía, no me desampares ni de noche ni de día. Las horas que pasan, las horas del día, si tú estás conmigo, serán de alegría. No me dejes solo, sé en todo mi guía; sin ti soy chiquito y me perdería. Ven siempre a mi lado, tu mano en la mía».

En ese preciso instante en que Josué formuló esa súplica en su mente, desde el gran palacio celestial, Michael ya estaba preparado para bajar a la Tierra. Con un movimiento rápido, agitó sus alas, desprendiendo plumas brillantes que se esparcieron en el aire. En cuestión de segundos, en la habitación de Josué, resonó una campanilla suave pero clara. Josué se sobresaltó al escuchar el sonido, preguntándose de dónde venía. Entonces, una voz resonó en su mente: «¿Puedo pasar?».

Josué se quedó paralizado por un momento, su corazón latiendo con fuerza mientras dirigía una mirada intensa hacia la ventana. ¿Quién podría estar detrás de esa pregunta? Con el corazón latiendo de emoción y nerviosismo, Josué, finalmente, respondió: «Sí, puedes pasar».

Un gran aire caliente recorrió la habitación mientras el muchacho susurraba: «Adelante, entra». De repente, surgió un resplandor blanco y algunas plumas blancas cayeron suavemente al suelo. Josué, sentado en la cama, las observaba con asombro. Levantó la mirada y se encontró con un joven de cabello teñido de blanco frente a él. El chico lucía una chaqueta y una sonrisa encantadora, con una pulsera que brillaba con destellos de tiara. Frente a él, levantó un brazo y posó la mano sobre la cabeza de Josué.

—Aquí estoy. Es un placer poder verte por primera vez de frente luego de dieciocho años —expresó el joven con una voz cálida y amigable.

Después de un largo momento de silencio incómodo, Josué reaccionó ante el extraño suceso. Por primera vez, observó a aquel chico, disipando todas las dudas que antes tenía en su mente. Ahora, claramente, tendría una cara para darle sentido a aquellas palabras que antes había escuchado en su cabeza. De manera sorprendente, eran las mismas que había oído en aquel momento. Esta revelación lo emocionó profundamente y su primera reacción fue sujetar la mano de su invitado especial.

—Este es un momento especial, ¿verdad? —comentó Michael, con una voz suave pero llena de significado—. Verdaderamente, es un honor presenciar esta reunión después de tanto tiempo, y no a través de un espejo.

—Sí, definitivamente, lo es —respondió con sinceridad Josué—. He esperado mucho, a pesar de que, hasta hace unas pocas horas, solo eras una voz en mi cabeza. Pero ahora tenemos todo el tiempo del mundo para tener esta conversación contigo.

El ángel guardián sonrió con dulzura, sintiendo la conexión palpable entre ellos.

—Y yo también he esperado mucho tiempo para estar aquí contigo —dijo con calma—. Ahora que, finalmente, nos hemos encontrado, estoy aquí para guiarte y protegerte en tu camino.

Josué asintió, sintiendo una oleada de gratitud.

—Gracias por estar aquí —dijo con voz emocionada—. Y gracias por ser mi ángel guardián.

Los dos permanecieron en silencio por un momento, absorbiendo la importancia de este encuentro único. Era el comienzo de una nueva etapa para Josué, llena de posibilidades.

—¿Por un cristal? —Josué se sorprendió—. Me sorprende esto, pero hay algo en mí que me dice que no debo temerte… —Su voz temblaba ligeramente, revelando su asombro—. Aunque mi voz está temblando, no tengo miedo de esto; solo estoy sorprendido. Perdón por ser tan maleducado. Mi nombre es… —Recordó las palabras de Michael sobre haberlo observado a través de un cristal.

—No te preocupes, ya lo sé —lo interrumpió el ángel—. Eres Josué, lo sé muy bien. El gusto es mío, déjame presentarme tal cual soy realmente.

En un instante, el cuarto se transformó en un paisaje de tundra; un vasto y blanco horizonte se extendía ante ellos. De la espalda de Michael surgieron unas impresionantes alas blancas, desplegándose majestuosamente y llenando la habitación con un aura de grandeza y poder. Su resplandor iluminaba la estancia, creando sombras danzantes en las paredes, mientras la figura de Michael se erguía con una presencia imponente. Su rostro irradiaba fuerza y sus ojos brillaban con una mezcla de asombro y confianza.

Con una sonrisa que reflejaba su verdadera apariencia angelical, Michael se preparó para hablar, su voz resonando con una profundidad y una autoridad que no se habían escuchado antes.

—Soy Michael Malevich. Soy uno de los siete arcángeles encargados de proteger las almas de la Tierra, generación tras generación. Desde que tu familia envió aquel recado al palacio, he estado a tu cuidado.

Josué, sorprendido, se lanzó hacia atrás. Cayó en la cama antes de levantarse con una expresión de incredulidad en su rostro.

—¿E-E-En serio? —balbuceó, apenas podía articular las palabras—. ¿Por cuántos años me has estado cuidando?

—Aproximadamente, dieciocho años y nueve meses, desde que fuiste concebido en el vientre de tu madre —respondió Michael con una calma reconfortante—. Por mucho tiempo he sido testigo de cómo te has roto por otras almas y he visto cómo te has enamorado de personas que te han hecho daño. He presenciado lo que ustedes, los humanos, llaman sufrir.

—¡Espera un momento! —exclamó Josué, su voz resonando con desesperación—. Así que, si se supone que eres mi ángel de la guarda, ¡¿por qué nunca me has ayudado?!

—No es mi culpa —respondió Michael con pesar—. Nunca me has necesitado y nunca me has llamado.

—Necesariamente, ¿tengo que pedirte ayuda para que me ayudes? La necesito y no apareces, luego de dieciocho años de vida. —Josué se aferró a la esperanza, pero el desamparo lo envolvió cuando Michael continuó:

—Espera un momento, nunca te abandoné... Siempre estuve pendiente de ti; pero, sin necesitarme, no puedo hacer absolutamente nada... Inclusive ahora, no puedo estar mucho tiempo.

En ese momento, el cuarto comenzó a oscurecerse y las alas de Michael se tornaron opacas.

—Se me ha agotado el tiempo de hoy en la Tierra —murmuró Michael con tristeza.

—¡Espérate, te necesito! ¡Tengo más preguntas para ti! —gritó Josué con angustia, pero Michael ya estaba desvaneciéndose.

—Hasta luego, Josué. Nos veremos pronto —dijo Michael mientras abría una puerta hacia el palacio. Desapareció lentamente en ella en la oscuridad del cielo de la ciudad, a través de la ventana.

Mientras Michael hablaba con Josué en su casa, en el palacio celestial, el reloj que regulaba el tiempo de ida a la Tierra para los ángeles marcó en rojo el puesto de Michael en la gran sala de reuniones. Este cambio repentino indicaba que un ángel había excedido el tiempo reglamentario en la Tierra, una transgresión prohibida por las leyes del palacio.

La máxima autoridad convocó a todos los ángeles encargados de proteger y guardar las almas de la Tierra a una reunión urgente. Cada asiento en la sala principal del palacio se llenó con la presencia de los siete ángeles representantes, ocupando cada uno su lugar designado. La máxima autoridad, conocida como EL, se sentó en el centro de la torre elevada; mientras que Michael, al llegar al palacio, fue trasladado directamente a su puesto. El reloj rojo brillaba sobre él, marcando su falta.

Con solemnidad, la máxima autoridad se puso de pie y anunció en voz alta:

—La sesión acaba de comenzar. Como ustedes saben, uno de nosotros ha violado una de las leyes que todos acatamos y que no podemos sobrepasar; a pesar de ser nosotros mismos. En este momento, nuestro compañero Michael ha excedido el tiempo permitido para resolver una simple petición de su protegido, Josué Espar.

—¡Objeción! —exclamó Michael con firmeza—. Yo, Michael Malevich, no he roto ninguna regla. Dispuse el tiempo necesario en la Tierra para solucionar el problema que el alma que me fue asignada para resguardar y proteger me pidió por primera vez, nombrándome en una oración. Por ende, tardé más del tiempo asignado por el gran reloj.

—Todos tenemos algo que hacer, pero recuerda que nuestro tiempo es esencial para que los humanos no nos noten y no dejemos nuestros puestos como ángeles de la guarda —continuó explicando EL.

—Pero no por esa razón no podemos ayudarlos, máxima autoridad. A veces hay situaciones que se escapan de nuestras manos y tenemos que utilizar más del tiempo disponible, ya que se nos hace difícil realizar una buena tarea —intervino Samuel—. Por eso, yo le doy mi voto para revocar el reloj rojo a mi compañero Michael Malevich.

Sin embargo, la máxima autoridad respondió con severidad:

—¡Has perdido la razón, Samuel!

—Puede ser nuestro compañero, pero ¿por qué duró tanto tiempo en la Tierra? No tiene sentido. Apenas su alma reconoció que tiene un ángel guardián. Además, Michael, sabes que puedes perder las alas si te quedas más tiempo allá —dijo Gabriel.

—Gabriel, a pesar de las leyes que Michael ha infringido, debo tomar en cuenta el voto de Samuel y considerar que debemos concluir con una buena tarea. Además, creo que debemos pasar por alto esto, ya que es la primera vez para él —intervino la máxima autoridad.

—Discúlpenme si quebranté una ley —dijo Michael con pesar—, pero sentí que era necesario para él estar ahí y ayudarlo desde su conciencia; me necesitaba y ahí estuve. Por eso me quedé.

—¡Alto a esto! —interrumpió Gabriel—. Michael es parte de nosotros y decidió sobrepasar una de nuestras leyes. Comprendo la situación, pero esto no se puede repetir. Hubo una buena razón y acepto tu error y tu disculpa; sin embargo, te vigilo, Malevich.

—Debo recordarles —continuó la máxima autoridad— que las leyes provienen de nosotros, mis fieles ángeles que guardan a cada alma de la Tierra. Tenemos reglas que debemos seguir para mantener un buen funcionamiento de nuestro universo y de las almas.

—Disculpa, máxima autoridad. —Michael agachó la cabeza ante cada uno de los presentes—. De verdad me arrepiento de haber roto una ley. No me percaté del tiempo.

—No te preocupes, Michael —respondió la máxima autoridad con comprensión—. De ahora en adelante, tendrás mucho trabajo arduo.

—Dicho esto, todos votemos por levantar el castigo de Michael Malevich por incumplimiento a una de las leyes del palacio. Quienes se opongan que levanten la mano —indicó Samuel, siendo el primero en perdonar a su hermano.

El palacio quedó en un silencio tenso por unos instantes, como si contuviera la respiración colectiva de todos los presentes. La máxima autoridad hizo desaparecer el reloj rojo de Michael con un gesto majestuoso, pero canceló los viajes a la Tierra hasta que se solucionara el papeleo de todo lo que ocasionó. Las puertas se abrieron de par en par mientras se discutían las situaciones irregulares que habían surgido en la Tierra entre las almas perdidas y los arcángeles.

Mientras tanto, en la Tierra, el tiempo transcurría como una carrera sin fin. Los meses pasaron como días y Josué, junto con otras almas, anhelaba desesperadamente la presencia de su guardián alado. Su ausencia permitió la aparición de unos ángeles con alas oscuras, trayendo una desesperación que parecía envolver todo. Josué, en su búsqueda incansable de respuestas, intentó comunicarse con Michael a través de oraciones cargadas de esperanza y anhelo, pero sus palabras parecían perderse en el vacío.

En este caos creciente, los incidentes provocados por la ausencia de Michael resonaron como un eco en la cabeza de Josué. La falta de respuesta de los arcángeles no solo desafiaba las reglas establecidas, sino que también amenazaba con cambiar el equilibrio mismo del juego cósmico entre el bien y el mal.

—Michael, vuelve, por favor. Háblame, envíame una señal de que aún me cuidas. Por favor, te necesito.

De repente, el aire pareció electrificarse, cargado de energía. Una luz iluminó cada rincón con un resplandor celestial. Josué se giró lentamente, con los ojos llenos de asombro, para encontrarse con la imponente figura de Michael, cuya presencia llenaba la habitación con una majestuosidad indescriptible.

—¿Me extrañabas, Josué? —resonó la voz de Michael, profunda y resonante—. Da la vuelta. ¿Realmente crees que dejaría de protegerte? Incluso he estado escuchando tus palabras durante unos cuantos minutos.

Josué se giró hacia la fuente de la voz y se quedó boquiabierto al encontrarse con la figura imponente de Michael, rodeado por un aura de poder y bondad.

—Lo suficiente como para que mi rostro muestre una sonrisa hacia ti —continuó Michael, con una sonrisa radiante—. Pero tengo una mala noticia... —Dejó una pausa antes de continuar—. Solo puedo estar un momento y decirte que mi tiempo para visitarte y ayudarte será corto de ahora en adelante. Debe ser por algo de suma importancia. Sé que, al estar conmigo, te sientes mejor; pero trataré de hacer todo lo posible.

—¿Pero por qué? ¿De verdad te tienes que ir? —preguntó Josué, con los ojos llenos de incredulidad ante la majestuosidad de la figura que tenía delante.

—Es cierto —admitió Michael con sinceridad—. El tiempo no mide nuestra estadía aquí en la Tierra. Pero, últimamente, algo está pasando. Raramente he escuchado sobre estas limitaciones para venir de inmediato a proteger a nuestros elegidos.

—Lo entiendo, Michael. Es reconfortante saber que, aunque no seas humano, al menos le importo a alguien —dijo Josué con gratitud en su voz, sintiéndose abrumado por la presencia del ángel que había venido a su rescate.

—Josué, tu bisabuela hizo una contribución invaluable al palacio, proporcionando algo que necesitábamos desesperadamente. A cambio, nuestro padre aprobó que fueras cuidado por uno de nosotros. Ella poseía un conocimiento que ningún humano tendría sobre la existencia de ciertos planos. Por eso estoy aquí, a tu lado, cuidándote y protegiéndote. Para que entiendas más sobre nuestra estadía, déjame explicarte sobre Cronos. Fue reparado y es el gran reloj que mide nuestra estancia en la Tierra. Cuando su arena se agota, el portal se abre y nos obliga a partir. En este momento, la arena está llegando a su fin. Espero que estés bien; tus sentimientos están mejorando y tu alma se aclara. Aquí tienes esta pulsera. La he forjado en el taller con una pluma de mis alas y una parte de la propia arena del reloj. Te mantendrá cerca de mí, aunque físicamente esté lejos. — Luego se retiró.

Mientras Michael se dirigía al palacio, Gabriel lo tomó y lo llevó aparte para advertirle sobre los sucesos que estaban ocurriendo debido a la incapacidad de los ángeles para bajar a la Tierra.

—¡Michael, escúchame! —exclamó Gabriel con urgencia—. Samuel, Zadaquiel y los demás, incluyéndome a mí, hemos tenido que enfrentarnos a ángeles oscuros. Se están propagando y apoderándose de almas en la Tierra. Nuestro tiempo allí se ha extendido mientras investigamos estos eventos y buscamos sus causas o su misión.

»Además, debemos tener sumo cuidado en cubrir nuestras alas y pasar desapercibidos como humanos comunes. A cada uno de nosotros nos otorgarán un arma desde el palacio principal para enfrentar a estos seres oscuros que amenazan la paz en la Tierra... ¡Antiguos compañeros nuestros!

—Pero, Gabriel... —comenzó Michael, buscando más información o alguna respuesta a sus inquietudes.

Sus palabras se vieron repentinamente opacadas por una voz que resonaba con urgencia en el palacio. Esa llamada demandaba la atención de todos los ángeles presentes, interrumpiendo el diálogo en curso y atrayendo la mirada de ambos.

—Michael Malevich, por favor, preséntate ante la máxima autoridad en el palacio principal.

Al escuchar este llamado, Michael voló y se dirigió rápidamente al palacio. En él, encontró a la máxima autoridad esperándolo para hablar sobre unos asuntos que competían a cada ángel.

—Michael Malevich, se te ha asignado y otorgado el cuidado de la mayor alma en esta Tierra. Esta responsabilidad es de suma importancia y no podemos perder el tiempo con juegos de alas. Prepárate, porque el día llegará de nuevo.

Después de la visita de Michael al palacio principal, todos se reunieron con él y la máxima autoridad para discutir sobre la realidad que estaba ocurriendo en la Tierra y en el palacio.

—Los ángeles caídos una vez trabajaron a nuestro lado, fueron compañeros y los mejores ángeles que he visto. Sin embargo, se corrompieron en la Tierra, o fueron exiliados del palacio por infringir la ley —explicó la máxima autoridad.

»A cada ángel se le otorgará una herramienta para derrotar a estos seres oscuros. Realmente, me preocupa que hayamos perdido suficientes almas para quitarles los cargos y soltar a los demás, pero no es así. Confío en ustedes y no quiero que me fallen.

Después de que cada ángel recibiera su arma, se retiraron a sus templos, alejados del palacio principal. Michael fue el último y tomó su herramienta, la máxima autoridad se la entregó en su mismo despacho dentro del palacio principal.

—Estas armas te son entregadas, forjadas con el acero hecho aquí en el Cielo, con el propósito de proteger y guiar al alma designada bajo tu cuidado. Con estas herramientas, enfrentarás a la oscuridad que amenaza su camino y asegurarás su destino hacia la luz.

Con la espada, el arco y la flecha en las manos, Michael se preparó para su partida. Bajo el sello de su protector, su misión era clara: erradicar la oscuridad que amenazaba a Josué y asegurar su protección.

Con un gesto de la mano, la máxima autoridad indicó que era hora de partir. Con gratitud en su corazón, Michael se puso en pie y se preparó para emprender su misión, sabiendo que ahora podría defender al chico a toda costa en los primeros tiempos.

Al abrir sus alas, Michael se elevó en el aire con gracia, desafiando la gravedad misma. El portal se abrió ante él, una puerta hacia el mundo humano, donde aguardaba su tarea. Con un destello, se lanzó a través del umbral, dejando atrás el resplandor del palacio celestial.

Al aterrizar en la Tierra, la transformación comenzó. Sus alas se plegaron y se fundieron en su figura, tomando la forma de un abrigo gris. Su cabello, ahora de un tono plateado, enmarcaba su rostro con elegancia. Con un último ajuste, Michael se aseguró de que todas sus herramientas estuvieran en su lugar, listo para la batalla que se avecinaba.

La escuela zumbaba con la energía de los estudiantes mientras Michael avanzaba por los pasillos, su corazón latiendo rápido en su apariencia humana. Finalmente, llegó al aula de Josué y golpeó la puerta con fuerza. La madera resonó con un golpe firme mientras se asomaba por la ventanilla. Los ojos de Josué se encontraron con los suyos y, en ese instante, el tiempo pareció detenerse.

Josué se quedó paralizado por la sorpresa de ver a Michael frente a su clase, su mente se llenaba de preguntas y emociones encontradas. Mientras tanto, la profesora se acercó a la puerta, su curiosidad evidentemente despertada por la presencia inesperada. Al abrir, se encontró con la figura del joven frente a ella; su presencia irradiaba una calma y una serenidad que no podía explicar. Michael se adelantó con una sonrisa amable, pero ella comenzó primero con una expresión interrogante.

—Perdón, ¿estás perdido, o eres de esta clase? —preguntó con tono amable pero confundida.

Michael se tomó un momento para recobrar la compostura, recordando que ahora se presentaba como humano. Con una sonrisa gentil, respondió:

—Disculpe la interrupción, señora. Soy nuevo aquí. Me acaban de transferir y me gustaría unirme a esta clase. Mi nombre es Michael.

La profesora lo observó con detenimiento por un momento antes de asentir con la cabeza.

—Entiendo, Michael. Bienvenido a nuestra clase. Por favor, toma asiento y nos pondremos al día después de la lección.

Michael agradeció con un gesto de cabeza y se adentró en el salón, buscando un lugar donde sentarse. Sus ojos se encontraron brevemente con los de Josué, quien seguía mirándolo con una mezcla de sorpresa y confusión.

CAPÍTULO II
NUESTRO ODIO

Antes de entrar, se colocó recto y entregó unos papeles en las manos de la profesora. Sin vergüenza, caminó hasta la butaca alta del salón, junto al pizarrón.

—Me llamo Michael Malevich. Soy estudiante de intercambio y su nuevo compañero de clases —anunció con seguridad, agitando su cabello blanco.

La profesora, sorprendida, cerró la puerta.

—Bueno, según estos papeles, estás en esta clase. Es extraño que no me avisaran nada al respecto. Pero, si quieren, muchachos, pueden salir al comedor, o a las áreas de recreación, o al campus del colegio y conocer a su nuevo compañero. Mientras tanto, debo revisar estos papeles junto a los directores, que, al parecer, están en orden —dijo la profesora, nerviosa.

El más sorprendido de todos fue Josué, quien reconoció a Michael desde el primer instante. Se sonrojó al pensar por qué él estaba en la Tierra y, aún más, en su propia clase. Michael caminó directamente hacia un lugar vacío cerca de Josué y, al pasar por su lado, le guiñó un ojo. Se sentó detrás de él. Se acercó a él para susurrarle al oído:

—¿Me extrañaste? Ahora más aún estaré a tu lado.

Un escalofrío recorrió la piel de Josué, erizando sus cabellos, y se giró rápidamente para encontrarse con los ojos de Michael. Sin poder contenerse, le dijo:

—¿Qué haces aquí? ¿De verdad era necesario que vinieras? Gracias de todas formas por aparecer así. —Josué dejó caer una lágrima. Su mirada mostraba sorpresa y gratitud al mismo tiempo, mezcladas con el nerviosismo al ver a Michael frente a él.

Los otros chicos salieron del salón, como si la llegada de Michael no les importara en absoluto. Quedaron solos, lo que resultó en un momento un poco incómodo para Josué. Se levantó de su asiento y tomó una mano de Michael.

—Debería enseñarte el colegio. No sé si ya has estado aquí antes, pero al menos te llevaré a dar una vuelta —dijo, tratando de aligerar el ambiente tenso.

Mientras caminaban por el interior del colegio, Josué le mostraba los rincones a Michael, hasta que terminaron en las gradas. Se sentaron y observaron en silencio el campus por un largo momento, hasta que surgió una pregunta.

—¿Por qué estás aquí? —preguntó Josué.

—No lo sé, tal vez porque me importas y ahora puedo acompañarte de cerca en cada momento —respondió Michael.

—No sé realmente qué haces aquí; pero, al estar cerca de ti, me siento en paz. Y es gracioso, porque eres igual que yo.

—¿A qué te refieres con «igual que yo»? —preguntó Michael, enfatizando la última frase.

—Eres un hombre —dijo Josué sorprendido.

—¿Y qué es un hombre?

—¡¿Cómo que no sabes que es un hombre o una mujer?! —exclamó Josué, confundido.

Un silencio incómodo dejó clavada esas palabras a su ángel, para responder luego de la pausa:

—No, no sé lo que es.

—Entonces, ¿qué somos para ustedes los ángeles? Porque me imagino que hay más de ustedes.

—Ustedes son almas, las cuales fueron seleccionadas para que nosotros las cuidemos y protejamos de la oscuridad. —Vaciló antes de seguir—. Igual que tú eres un alma, la cual fue asignada a mi nombre.

—Siéntate, Michael, el sorprendido aquí soy yo. Realmente, ustedes no diferencian cómo nos vemos los humanos, sino que nos miden por nuestro interior —reflexionó Josué.

—No sé a qué te refieres. Pensándolo, hay cuerpos diferentes de los otros y no sé si estás en lo correcto —admitió Michael.

—Entiendo —concluyó Josué.

Mientras discutían, el timbre sonó desde lejos y los dos se levantaron para ir a clase nuevamente, entrando juntos. Entre clase y clase, siempre encontraban tiempo para hablar sobre cosas que les interesaban. Al finalizar cada día, Michael regresaba al palacio para descansar de su forma humana.

Entre las fechas más importantes para Josué, estaba su cumpleaños. Aunque solían ser solitarios, esta vez esperaba que alguien cercano, aunque no fuese humano, posiblemente, lo sorprendiera con un regalo o alguna sorpresa inesperada. Antes de que la fecha llegara, Michael estaba ocupado, cazando y destruyendo ángeles caídos. Estos poseían una piedra negra en su centro, que contenía el odio y los mayores temores de los humanos, convirtiendo sus esperanzas en desesperación.

En cada viaje que Michael hacía a la Tierra para destruir a estos seres, siempre visitaba la casa de Josué y dejaba una pluma en su ventana. Cada ángel oscuro, para sobrevivir en la Tierra, debía arrebatar la esperanza y la luz del alma de una persona, convirtiéndolas en odio y desesperación. Cuantas más recolectaban, más fuertes se volvían.

Michael se deslizaba silenciosamente por los oscuros callejones cercanos a la casa de Josué. Sus sentidos angelicales captaron una sutil pero ominosa aura de oscuridad que flotaba en el aire. Sin dudarlo, se acercó con sigilo hacia el origen de la perturbación.

Un intenso malestar comenzó a agitar su ser. Un escalofrío recorrió su espalda, erizando las plumas de sus alas. Se encontró cara a cara con una horda de ángeles oscuros, sus ojos brillaban con una malévola luz carmesí. Sin dudarlo, se lanzaron hacia él con garras afiladas. Michael desplegó sus alas con rapidez, preparándose para el combate. Una espada resplandeciente surgió de la nada en su mano para defenderse. El choque fue rápido y feroz, las sombras retorciéndose y contorsionándose en la oscuridad. A pesar de su gran poder, Michael se encontró superado en número.

Golpes oscuros laceraron su piel, desgarrando su forma etérea con doloroso fervor. Sin embargo, se mantuvo firme, luchando con todas sus fuerzas para proteger al inocente que se encontraba en peligro. Finalmente, logró desviar el último golpe, pero no sin pagar un alto precio.

Herido y exhausto, se desplomó en el suelo frío y empedrado. Su visión se nublaba lentamente mientras intentaba mantenerse consciente. Con un último esfuerzo, se arrastró hacia la única fuente de luz y esperanza que podía encontrar: la casa de Josué.

Con cada fibra de su ser gritando de dolor, tocó débilmente la puerta, su aliento entrecortado por el esfuerzo. Y, luego, el mundo se sumió en la oscuridad mientras perdía el conocimiento, confiando en que la luz de la casa de Josué lo guiara a través de la noche.

Al abrir la puerta, la mamá de Josué, asustada, llamó a su hijo. Josué se sobresaltó al ver a Michael ensangrentado en la puerta. Sorprendida, le preguntó:

—¿Lo conoces? —El rostro de Josué se llenaba de nervios mientras intentaba mover a su amigo.

—Sí, mamá, estudia conmigo; se llama Michael Malevich —
le dijo, ahogando el llanto para no levantar ninguna sospecha.

—Bueno, ¿a qué esperas? Sujétalo y ayúdame a meterlo a la
casa, no voy a dejar que se muera el pobre muchacho. —Hizo
señas para que se apurara.

—Ayúdame a subirlo al sofá, sus heridas son bastante graves.
—Observó con atención su cuerpo, un poco ensangrentado. De
verdad necesitaba ayuda y no sabían a qué hospital llevarlo, por
lo que sería mejor curarlo allí antes.

—Coloca su cabeza en alto, muchacho, revísalo bien para ver
si no tiene cortaduras o hematomas en alguna parte —le dijo ella
mientras corría a la cocina para buscar el botiquín, que siempre
tenía al lado.

Al hacer esto, Josué percibió las heridas en el abdomen de Michael. Trató de comunicárselo a su madre; pero ella estaba ocu-
pada, buscando suministros. Decidió entonces quitarle el abrigo
a Michael para curarlo de manera más efectiva, ya que parecían
bastante profundas. Con cuidado, comenzó a apartarle la ropa,
procurando no causarle más dolor; aunque las quejas y los murmullos de dolor escapaban de los labios de Michael con cada movimiento.

Josué se sentía abrumado por la pena y el dolor al ver a Michael sufrir, pero sabía que debía hacerlo para ayudarlo a sanar. Al
dejar a Michael parcialmente desnudo, se sintió avergonzado al
observar su cuerpo, lo que provocó un rubor en sus mejillas. En
ese momento, su mamá llegó para limpiar el torso ensangrentado
y curar las heridas, que parecían pequeñas puñaladas.

Después de un minucioso proceso de curación, el cuerpo de
Michael estuvo limpio y vendado. Josué y su mamá lo observaron
con preocupación, conscientes del arduo camino que aún tenía
por delante para recuperarse por completo.

—Bueno, hijo, yo ya he hecho lo que estuvo a mi alcance. Esperemos a que despierte, debe de estar muy cansado o dolorido;

quédate a cuidarlo hasta mañana. —Se fue a su cama, pensando cómo le explicaría luego a su familia lo que le sucedió a su hijo. dejando a Josué al cuidado de su amigo.

Al despertar, Michael se levantó de golpe y desplegó sus alas, observando a su alrededor con rapidez. Notó que Josué estaba a su lado, dormido en el suelo. Con ternura, acarició las mejillas del joven y recogió sus alas antes de volver a recostarse.

Josué se sorprendió al no encontrar a su amigo en el sofá, cuando abrió los ojos. Escuchó risas y conversaciones provenientes de la cocina, donde descubrió a Michael junto a su mamá, preparando el desayuno. Sin decir nada, se acercó impresionado por la escena.

—¿Qué te sucedió, Michael? —preguntó Josué con preocupación.

El joven ángel respondió con incertidumbre:

—Realmente, no me acuerdo. Lo poco que recuerdo es que estaba caminando por una calle oscura y me encontré con un grupo de jóvenes que iban a hacerle daño a alguien. Intenté defenderlo, pero terminé herido. Apenas pude llegar aquí, pensando en ti, Josué, que podrías ayudarme.

—Lo importante es que estás mejor y que llegaste aquí —respondió Josué con alivio.

—Y, por supuesto, puedes quedarte aquí todo el tiempo que necesites —agregó su mamá, colocando una mano encima de la de Michael. Este asintió con gratitud.

—Me iré a casa luego de comer, si eso está bien para ustedes.

Después de haber comido y ayudado con los quehaceres, Michael agradeció y se disculpó por cualquier molestia causada antes de partir. Al llegar al palacio, Zadaquiel y Gabriel lo tomaron de un brazo y lo arrojaron a la piscina sagrada, donde se encontraba la máxima autoridad.

—Deberías quedarte aquí un buen rato, Michael —declaró esta con autoridad—. Necesitas sanar esas heridas que te dejaron los ángeles caídos. Las aguas sagradas te ayudarán a limpiar las impurezas y la suciedad que puedan haber dejado en tu cuerpo. Además, tenemos mucho de qué hablar.

—¿De qué quieres hablar, señor? —preguntó él, dejando caer todo su cuerpo en aquella agua cristalina.

—Recuéstate y cierra los ojos —ordenó la máxima autoridad con firmeza—. Te trajimos aquí con urgencia porque los ángeles oscuros que enfrentaste aún no han sido encontrados. Sabemos que te hirieron, es la segunda vez que un ángel guardián ha sido lastimado por ellos. Necesitamos limpiar tu cuerpo a fondo; ya que sus garras y armas conservan esencias malignas, que pueden infectarnos como una plaga. Además, recuerda que debes mantener cierta distancia en tus relaciones con los humanos, especialmente con el chico que estás protegiendo.

—Entiendo, señor —respondió Michael, agachando la cabeza dentro del agua para luego escupirla—. No he cruzado esa línea y me aseguraré de que todo esté bajo control.

Después de pasar semanas en esa piscina sagrada, remojando su cuerpo y sus alas en las aguas curativas, Michael se sintió revitalizado y listo para abordar los asuntos pendientes en la Tierra. Sin embargo, su preocupación por Josué no disminuyó.

Por otro lado, Josué extrañaba profundamente a Michael durante esas semanas en el palacio. Nunca había imaginado tener a un amigo como él. La presencia de Michael le brindaba consuelo y una sonrisa, incluso en los momentos más difíciles. Sin embargo, desde el incidente, Michael no había regresado a clases, lo que dejaba a Josué en un ambiente un tanto sombrío.

Mientras sus compañeros hablaban sobre sus futuros y metas, Josué se cuestionaba sobre su propio camino. ¿Qué estudiaría? ¿Qué haría con su vida? ¿Con quién compartiría su vida?

A pesar de las incertidumbres sobre su futuro profesional, tenía claro su deseo de convertirse en un gran escritor. Quería que sus palabras de aliento y esperanza llegaran a todas partes, y estaba dispuesto a arriesgar su propia vida para mejorar la de muchos más. Sin embargo, también reflexionaba sobre en quién podría confiar lo suficiente para entregarle su corazón. Había sentido sentimientos intensos por alguien en el pasado, pero esas emociones habían sido traicionadas. Ahora buscaba alguien en quien pudiera confiar y con quien compartir sus sueños y esperanzas.

—¡Es tan doloroso! —dijo Michael, observando a Josué desde el espejo del palacio.

—¿No es justo? —respondió la máxima autoridad, saliendo a través del espejo—. Alguien tan hermoso en su interior se ha quebrado por culpa de varias almas que, en su momento, pudieron crear emociones y lazos que pudieron haberlo hecho feliz, y eso lo destruye. Hemos visto cómo tantas almas humanas mueren por tener un merecido final feliz —refutó, burlándose.

—Sí, es triste, supongo —respondió Michael, sumido en sus pensamientos.

—Su destino puede ser reescrito por muchos en este lugar, pero sus emociones son importantes para él —dijo la máxima autoridad.

—Ha luchado para evitar salir herido, pero aún sigue siendo el mismo de siempre. No es culpa de él acercarse a almas que ya estén malditas. ¿No podemos hacer nada para ayudarlo? —respondió Michael a las insinuaciones de El.

—No creo que sea bueno para el joven y su alma —respondió la máxima autoridad, alejándose mientras le hacía señas para que lo siguiera—. Estamos jugando con su destino y hemos visto todo desde aquí. Es difícil, Michael. Tú mismo has visto todo lo que hemos tratado de hacer, todo lo que le ha pasado y, aun así, estás dispuesto a perder tus alas por ese humano.

—Señor, desearía cambiar eso, pero se me hace muy injusto. Sus sentimientos se han quebrantado un poco y, hasta el momento, está creando lazos con alguien que no sabemos quién es. Desearía ayudarlo y protegerlo para que no se repita la historia.

—Me parece justo. Te daré el poder; tendrás permiso, como el que ya habías acordado conmigo —dijo la figura enigmática, moviendo unos cuantos hilos en la sombra. Un destello fugaz mostró un hilo diferente, pero se ocultó rápidamente antes de que Michael pudiera discernirlo con claridad—. Y recuerda muy bien que esto no puede saberlo nadie más. Solo tú has entrado a esta sala del palacio, y muy pocos han trabajado directamente con el destino de las almas. —Con un gesto enigmático, entregó un objeto desconocido en las manos de Michael, envuelto.

Al llegar a su templo en el palacio, Michael se encontró con la sorpresa de que Gabriel lo esperaba para sorprenderlo.

—Michael, ¿cómo puedes estar tan atado al lazo que la bis-abuela de ese muchacho puso en tu nombre? —Dejó caer una risita al final.

—No lo sé realmente. No sé si será el lazo o emociones prefa-bricadas, como tú mismo las llamas. Es difícil de explicarlo. Él es diferente —dijo Michael, rascándose el cabello.

—¡Siempre dices eso! Al fin y al cabo, siempre nos fallan. —Ga-briel se acercó para colocarle un dedo en la frente.

—¡Yo... no lo siento así! —Le apartó la mano de su cara.

—En fin, Michael, además, tu reloj está sonando. Posiblemen-te, debe de ser el chico, suplicando por su ángel de la guarda. Vete rápido antes de que se vuelva a cortar —le dijo Gabriel, apartán-dose de su camino.

—Supongo. —Michael se apuró para ver la Tierra y, específi-camente, dónde estaba Josué.

Mientras se disponía a abrir sus alas y abrir el portal hacia la Tierra, lo último que Gabriel susurró fue: «No olvides cerrar tus alas». Sin decir nada, Michael voló hacia la Tierra con un punto fijo en mente: el colegio donde Josué asistía a clases.

Al llegar allí, Josué estaba terminando una conversación con uno de sus compañeros. Cuando Michael entró, Josué se despidió rápidamente del chico y corrió hacia él. Lo abrazó fuertemente.

—Te he estado esperando mucho tiempo, ¿estás mejor? Eso supongo, tras aparecer luego de unas largas ausencias —dijo Josué emocionado, entregándole un pequeño paquete—. Es un regalo como agradecimiento por todo lo que has hecho por mí. Gracias de verdad, Michael. Sin ti, estaría perdido.

Michael se sintió conmovido por el gesto.

—¿Qué estás haciendo, Josué? Me haces sonreír. No sé qué decirte. No tengo nada para darte.

—No necesitas decir nada. Esto es mío para ti. Ábrelo —insistió Josué.

Michael abrió el paquete con curiosidad.

—Realmente, te has lucido, Josué. Nunca había recibido algo así. Pero ¿qué es esto? —Observó con detenimiento un oso de peluche con un lazo azul.

—Sé que puede parecer un regalo tonto, pero es solo un símbolo del cariño que te tengo, tonto —respondió Josué con una sonrisa.

—De verdad, gracias... Pero tenemos que salir de aquí rápidamente —dijo Michael con urgencia.

—¿Por qué? —preguntó Josué confundido, mirándolo y arrastrando la pregunta.

Michael le tomó una mano y lo hizo correr hasta las terrazas traseras del campus, cerca de las gradas.

—Solo confía en mí, por favor —pidió.

—¿Qué pasa? —preguntó Josué, preocupado.

—Mantente en silencio —respondió Michael.

Mientras se escondían en las sombras, un ángel caído pasó cerca de los departamentos cercanos al campus. Josué sintió cómo su respiración se aceleraba al ver a la criatura, pero Michael lo tranquilizó con un gesto.

—Quédate aquí —dijo Michael con calma.

—¿Qué... qué vas a hacer? —preguntó Josué, temeroso.

—No te preocupes. Todo estará bien. Toma mi abrigo y protégete. Yo me encargaré del resto —aseguró Michael con firmeza.

Este retiró su saco y adoptó una postura decidida, desplegando sus alas mientras su cabello se volvía blanco como la nieve. Del interior de su mochila, sacó el arco que le habían entregado en el palacio junto a la máxima autoridad. Apuntó directamente al ángel oscuro y disparó la flecha. Esta le impactó de lleno en el torso.

La atmósfera se cargó de un color púrpura y una extraña neblina del mismo tono cubrió el campus. Al escuchar el impacto de la flecha en el ángel oscuro, Michael voló hasta el lugar y apuntó hacia la piedra oscura. Sin pensarlo, Josué corrió hasta allí para observar lo que sucedía.

—¿Es realmente tu trabajo acabar con él? —preguntó preocupado.

—Esto no te incumbe, Josué. No deberías estar aquí. Estoy descuidando mi rol como tu ángel protector al tenerte a mi lado —respondió Michael—. Además, es mejor que ellos no existan en este plano ni en otro. Son como sanguijuelas, que acaban con las almas de la Tierra, y no dejaré que ninguna muera mientras yo pueda hacer algo al respecto.

Josué asintió, comprendiendo la decisión de Michael.

—Acaba con él —dijo con firmeza.

La flecha atravesó la piedra oscura, liberando líquidos espesos de un violeta oscuro que iluminaron el lugar. Con lágrimas en los ojos, Michael recitó algunas frases en latín. Al terminar, el líquido cambió a blanco y la materia física del ángel oscuro se incineró.

—Josué, este líquido es esencial por muchas razones. Debemos guardar cada rastro de esto; son las esperanzas de esas almas arrebatadas por este ángel, debemos devolverlas para salvar una parte de esa alma. El palacio se rige por las acciones ocasionadas en tu mundo —dijo Michael, como un profesor explicando con detenimiento. Guardó en un frasco el espeso líquido, ahora blanco.

—Entiendo, pero entonces ¿los problemas que me has comentado desde que nos conocemos son estos ángeles? —preguntó Josué.

—Sí, es eso. No es fácil cuidarte actualmente. Las demás almas en la Tierra me necesitan también, al igual que a mis demás compañeros. A pesar de que eres el alma seleccionada para mí, tengo que cumplir con el deber sagrado de proteger este mundo terrenal en el que vives. ¿Sabes? Igual trato de hacerlo lo mejor que puedo —dijo, cerrando sus ojos varias veces.

—Michael, ¿qué tienes? ¿Te pasa algo? —preguntó preocupado Josué, sosteniendo el cuerpo de su amigo.

—Todo estará bien —respondió Michael en su mente.

En ese instante, se desmayó y se cayó frente a Josué. Este lo tomó de los brazos y trató de levantarlo, colocando su saco para ocultar sus alas. Sin embargo, notó que el cabello de Michael se tornaba de otros colores, al igual que su forma física en la Tierra, no como ángel.

—No puedo creer que me toque ahora a mí cuidarte —murmuró Josué mientras revisaba su bolso, en busca del botiquín de primeros auxilios que su mamá le había regalado—. Michael, no te vayas, por favor.

Preparó un algodón con alcohol y lo acercó a la nariz de Michael. Después de unos minutos, este despertó exaltado, agarrando a Josué de los hombros.

—¡Josué! ¿Todo está bien? —preguntó Michael con urgencia.

Sin pensarlo, Josué lo levantó y se acercó para abrazarlo fuertemente. Así se quedaron por un largo momento, sin decir nada.

—Debemos ir a clases. El timbre de entrada ya sonó. Arréglate y vamos —dijo Josué después de un rato.

Durante la clase, no se dirigieron una sola palabra ni un solo gesto. Hasta la hora de salida, solo se despidieron con un fuerte abrazo y se marchó cada uno a su hogar.

El más afectado por lo sucedido fue Josué. No sabía qué diantres estaba ocurriendo. Esto lo hizo sentirse presionado por emociones y confundido por la forma en que se miraron tan profundamente en ese momento. A pesar de no ser humano, vio a una persona hermosa que, aunque se trataba de un ángel con su poder, sus reglas y sus pocas emociones, se parecía mucho a ellos. Eso captó a través de las puertas de sus ojos.

Al llegar al palacio después de salir de clases, los siete y la máxima autoridad se encontraron reunidos en la gran sala. Al presentarse, esta última se levantó y mencionó el nombre de cada uno de los ángeles de la guarda: Michael, Gabriel, Zadaquiel, Uriel, Rafael, Jofiel y Samuel.

—Aparentemente, sus almas asignadas necesitan de su ayuda. Esto significa que creen en ustedes y les piden ayuda —dijo.

Al escuchar esto, el cuerpo de Michael se estremeció, como si los planetas cayeran sobre él. Sin embargo, se levantó y caminó hacia la máxima autoridad. Le entregó en sus manos el frasco donde había guardado el líquido. La autoridad lo abrió y liberó el contenido, el cual fue recogido luego de la destrucción de la piedra oscura del ángel caído.

—Esto, señores, es lo que cuidamos con nuestras vidas y nuestra existencia —continuó la máxima autoridad—. Nosotros tenemos que cuidar las almas, o, simplemente, perderemos gran parte del poder que nos mueve y nos mantiene siendo lo que somos en realidad. Ellas son el poder, la energía, la luz que a cada uno de nosotros se nos entregan día a día para subsistir. Nos mantienen vivos; por ende, tenemos que luchar con todas nuestras fuerzas para protegerlas de la oscuridad. Y, simplemente, al llegar a su final, solo serán la energía que mueva nuestro plano.

»Michael, gracias por luchar con valentía para traernos este regalo, esto es esencial para mantener viva nuestra piscina sagrada.

La tensión en la sala del santuario era palpable mientras Gabriel, Zadaquiel y Samuel interrogaban a Michael sobre el peluche que Josué le había regalado. Michael se aferraba al obsequio con fuerza, mientras Samuel notaba la extraña atención que le estaba dando.

—¿Qué es eso, Michael?

—No lo tomes, Samuel. Es un obsequio de Josué. Para mí es importante, así que déjalo —respondió Michael con firmeza, desafiando sus insinuaciones.

Gabriel intervino, cuestionando las acciones de Michael y sugiriendo que estaba desarrollando sentimientos por un simple mortal.

—¿Realmente crees eso, Gabriel? —respondió Michael, indignado por las palabras de su compañero.

La atmósfera se volvió aún más tensa cuando Gabriel insinuó que las alas de Michael estaban nublando su juicio.

—No necesitas eso, Michael. Realmente, estás fabricando sentimientos por un simple mortal —dijo Gabriel con desdén.

Las palabras de Gabriel y Samuel resonaron en la mente de Michael como un eco constante, pero se mantuvo firme en su convicción de proteger y valorar la conexión que había formado con Josué. Aunque sus compañeros sembraron dudas en su mente, Michael sentía la profunda certeza de que su relación con Josué era especial y significativa.

Mientras sostenía el peluche con fuerza, Michael miraba fijamente el regalo que Josué le había dado. Sentía una mezcla de gratitud y preocupación por lo que Gabriel y Samuel estaban insinuando. Sin embargo, su voluntad no vacilaba; estaba decidido a cuidar ese obsequio tanto como a Josué mismo.

—¿Realmente crees eso, Gabriel? —preguntó Michael, su voz cargada de emociones—. Samuel, dame ese peluche. Debemos valorar lo que los humanos nos dan.

Lo tomó con cuidado, como si fuera un tesoro preciado, mientras su mirada se encontraba con la de Zadaquiel, buscando apoyo y comprensión en su único aliado en ese momento. Zadaquiel asintió con calma, reconociendo la importancia del gesto de Josué.

—Gracias, Zadaquiel —expresó Michael, con un suspiro de alivio. Sintió que una pesada carga se levantaba de sus hombros al tener a alguien que entendiera y respetara su conexión con Josué.

Con el peluche en sus manos, se preparó para partir. Sintió un nudo en la garganta mientras se elevaba en el aire, dejando atrás la discusión y las dudas que lo habían perturbado.

Mientras los días se deslizaban lentamente, Michael reflexionaba sobre las palabras de Gabriel y Samuel, sintiendo el peso de sus dudas y la incertidumbre que se había infiltrado en su mente. Por otro lado, Josué dedicaba esos días a preparar una sorpresa para su amigo, aunque desconocía cuándo era su cumpleaños. Se esforzaba al máximo para asegurarse de que fuera perfecto.

Después de tener todo listo en su habitación, Josué llamó a Michael a través de la pulsera que le había regalado. Sin embargo, el cansancio lo venció y sus ojos se cerraron antes de que Michael llegara. En un momento fugaz, sintió un escalofrío que le erizó la piel y se acurrucó bajo las sábanas para resguardarse.

Cuando Michael entró en la habitación a través de los portales del palacio, encontró a Josué dormido. En un gesto lleno de ternura, le impartió una bendición con sus manos y depositó un suave beso en su frente, como si quisiera protegerlo incluso en sus sueños.

—No te vayas de nuevo, quédate hoy conmigo. Me has hecho falta y, además, te tengo una sorpresa —murmuró Josué entre sueños, atrapado en el límite entre la vigilia y el sueño.

Tomado por sorpresa ante esas palabras, Michael asumió su forma humana y se sentó en el borde de la cama. Posó un brazo sobre la espalda de su amigo. Al sentir el cuerpo de Michael, Josué se movió más cerca de él, buscando el calor que el frío había robado al entrar por el portal.

A la mañana siguiente, Josué fue despertado por la alarma de su reloj de noche. Al abrir los ojos, se encontró con la figura de su gran amigo frente a él, con las alas extendidas en su forma real.

—Sí, viniste —dijo Josué con voz suave, dejando que la gratitud y la alegría se filtraran en sus palabras.

—Nunca te dejaría, y tú lo sabes muy bien —respondió Michael con seguridad, mencionó sus palabras con un profundo sentido de compromiso.

Lo abrazó con fuerza, sus brazos extendidos y su postura firme, con la mirada fija en el horizonte. Josué, en contraste, se acurrucó contra el pecho de Michael, buscando su calidez y su protección.

—Además de esto, te tengo una gran sorpresa —anunció Josué con emoción.

—¿Otra más? —preguntó Michael con asombro.

—¡Sí! Realmente, me esmeré mucho en hacer esto. Espérate un momento. Debo abrir el escaparate, porque ahí está lo más importante —respondió Josué entusiasmado.

Al abrir las puertas, la mitad de la habitación se llenó de globos y, debajo de la cama, guardaba el pastel, decorado en blanco con un mensaje que decía: «Gracias». Michael observó todo con asombro y, luego, se enfocó en el pastel que Josué sostenía frente a él.

—No debiste hacer esto, de verdad. Además, no entiendo la celebración. ¿Ya no me habías obsequiado algo? —dijo confundido.

—Pero esto es totalmente diferente. No sé cuándo cumples años y, como tu amigo, puedo hacerte esto cuando yo quiera. Espero que te haya gustado, así que... —Dejó una gran pausa para continuar—. No se diga más, ¡feliz cumpleaños! —exclamó con una sonrisa.

—Realmente, gracias. —Se aclaró la garganta para decir—: Estoy sonrojado y todo, supongo. Josué, puede que no sepa desde cuándo existo, pero siento... —Con voz temblorosa, siguió—:

¡Mis manos están temblando! ¿Esto es lo que llaman «celebrar la llegada al mundo de un ser humano más»? —expresó emocionado y conmovido por el gesto de su amigo.

—Es cierto, esto es celebrar un cumpleaños. Es otro año más que cumples en la Tierra, o uno más que llevamos siendo amigos —reflexionó Josué.

—Realmente, me siento agradecido. Significa mucho para mí. Soy un ángel y nunca esperaría algo así de un humano. Y, precisamente, eres tú quien me está haciendo esto —expresó Michael, con sinceridad en su voz.

Mientras ambos se miraban fijamente, Josué se acercó despacio y le rodeó la cintura con sus brazos, hasta que quedaron a centímetros de distancia, nariz con nariz.

—Josué, tenemos que desayunar y salir rápido —interrumpió Michael, rompiendo el momento de intimidad con una nota de urgencia en su tono.

CAPÍTULO III
UN VIAJE

—Josué, deberías ir. Tu mamá ya te ha preparado la comida, y sería mejor que la disfrutes mientras aún está caliente —sugirió Michael con una sonrisa amable—. Déjame poner mi mano en tu pecho por un momento. Nunca lo he hecho, pero quiero asegurarme de algo —pidió con una mueca. Josué asintió con curiosidad y un toque de nerviosismo—. ¿Por qué sientes tantas emociones fuertes en este momento? Tu aura y tu respiración están agitadas... ¿Hay algo que no me estás contando? —preguntó un poco sorprendido.

Antes de que Josué pudiera responder, la voz de ella resonó desde abajo, interrumpiendo el momento mágico.

—¡Apúrate, muchacho! ¡Tu padre ya está en el carro, esperando por ti!

Con una disculpa apresurada, Josué se excusó y prometió retomar la conversación más tarde. Mientras observaba a su amigo salir de la habitación, Michael se recostó en la cama, reflexionando sobre las emociones que había percibido en Josué.

—Lo haré. Sin importar qué, lo probaré. Ese aroma dulce es tentador y ¿quién sabe? Tal vez me encante —murmuró para sí mismo con una sonrisa intrigada, listo para explorar el dulce sabor del tal pastel.

Michael saboreó cada bocado del pastel con deleite, sorprendido por lo delicioso que era. Nunca había experimentado algo así en el palacio y ansiaba más. Con el dulce sabor aún en los labios, decidió salir en busca de Josué para obtener más.

Caminó por las calles en su forma humana, dirigiéndose hacia el centro comercial cercano a las residencias. Mientras tanto, Josué estaba de compras con sus padres, preparándose para un próximo viaje juntos. Mientras se probaba la ropa en los vestidores, escuchó la voz de su madre resonando a lo lejos; le resultaba inconfundible. Sin importar quién más estuviera presente, estaba seguro de que no se equivocaba al identificar la de su gran amigo, Michael.

Josué se sentía atrapado entre el deseo de salir y enfrentarse a la posibilidad de encontrarse con Michael y el temor a lo que eso podría significar. Se preguntaba qué estaría haciendo su amigo allí y por qué su mamá sonaba tan emocionada por su presencia. Gritaba en silencio frente al espejo, debatiéndose entre la curiosidad y el nerviosismo.

De repente, oyó que su madre hablaba, y lo sacó de sus pensamientos.

—¡Hijo, sal pronto, adivina quién está aquí! —anunció, asomándose tímidamente por una esquina de la puerta del probador.

Mientras tanto, Michael tocó suavemente la puerta del vestidor, aprovechando el descuido de la mamá de Josué para colarse en silencio. Una vez dentro, no pudo contener su emoción infantil al hablar con él.

—Oye, Josué, ¿puedes conseguirme un poco más de ese dulce tan maravilloso que me preparaste? Realmente, eso es como tocar el cielo en un mordisco —dijo, con una expresión irresistible que reflejaba su deseo de satisfacer su antojo—. Y otra cosa te tengo que decir... Me lo comí todo y quedé con ganas de más —añadió, con una sonrisa traviesa que iluminaba su rostro.

Josué se sorprendió ante la revelación.

—¡¿Qué?! ¡Te lo comiste todo! —exclamó incrédulo.

—Sí, estaba delicioso —respondió Michael, con una sonrisa radiante que revelaba su disfrute—. Esperaré aquí.

Josué salió del vestidor para conseguirle otro trozo de pastel; pero en el trayecto su mamá lo detuvo, aunque consciente estaba él de la necesidad de mantener en secreto que Michael se hubiese metido mientras se cambiaba. Entretuvo a su mamá y Michael salió del vestidor, donde estaban las cosas que Josué quería llevar y las que no.

Después de un largo rato de meter y sacar prendas, la mamá de Josué, finalmente, decidió qué comprar y qué dejar atrás. Una vez que terminaron de pagar, su mamá le dio dinero para que fuera a comprar lo que quisiera. Aprovechando la oportunidad, Josué invitó a Michael a ir a un restaurante; ya que ambos tenían hambre.

En el camino, Michael no dejaba de mirar de lado a lado, como escaneando a las personas que pasaban a su alrededor. Su curiosidad era evidente mientras observaba el mundo humano que lo rodeaba. Al llegar al restaurante y pedir una mesa, Josué se encargó de elegir por Michael y pidió un pastel adicional como postre. Mientras esperaban a que les sirvieran la comida, no pudo contener su curiosidad y, finalmente, preguntó lo que estaba en su mente.

La conversación tomó un giro inesperado cuando Michael reveló la sorprendente invitación de Gloria para unirse a ellos en un próximo viaje. La expresión de sorpresa en el rostro de Josué era evidente mientras asimilaba la noticia.

—¿Qué respondiste? —preguntó, ansioso por conocer la reacción de Michael ante la invitación.

Michael, por su parte, mantuvo la calma mientras compartía su respuesta.

—Le dije que me gustaría ir. —Hizo una leve pausa antes de continuar—. De todas maneras, te tendría que pedir permiso, si deseas que vaya.

La sorpresa de Josué fue palpable.

—Me sorprende, pero ven con nosotros. Sería bueno cambiar de rutina —dijo con entusiasmo, dejando claro su apoyo a la idea.

Mientras disfrutaban del pastel en el restaurante, Josué soltó un comentario sobre el sabor.

—¡Qué sabroso está este pastel! ¿No es cierto?

—Sí, pero no mejor que el que haces tú —respondió Michael, recordando el delicioso pastel que Josué le había preparado. Este sonrió ante el cumplido—. No lo puedo negar, el tuyo tenía —dejó la cuchara con un claro acento marcado— mejor sabor y aroma.

—Michael, hay muchas cosas que no sabes de mí. Creo que, a pesar de que eres mi ángel, no conoces mi verdad —confesó Josué con una mirada seria.

La declaración tomó por sorpresa a Michael, quien frunció el ceño ligeramente.

—¿Sobre qué hablas? ¿Cuál verdad? —preguntó con curiosidad, dejando claro que estaba intrigado por lo que su amigo estaba insinuando.

La confesión de Josué dejó a Michael reflexivo, su mirada fija en su amigo mientras procesaba la información.

—Es cierto —lo miró fijamente—, eres mi ángel de la guarda. A veces me imagino o pienso que eres una persona común y corriente —prosiguió Josué, con una expresión de disculpa—. Discúlpame si suena ofensivo; pero, Michael, no sé cómo explicarte esto, a pesar de tanto tiempo conociéndome.

Michael lo interrumpió con amabilidad, extendiendo una mano hacia él.

—Dímelo, yo no soy nadie para juzgarte, o puede ser que sí. Pero guardaría el secreto porque no quiero que te pase nada. Confía en mí —le aseguró con sinceridad.

Josué inspiró profundamente antes de continuar.

—Michael, tú, siendo mi amigo y mi ángel de la guarda, ¿nunca me has notado raro? —preguntó, buscando respuestas en los ojos de su compañero.

Michael frunció ligeramente el ceño, tratando de entender mejor lo que Josué quería decir.

—Raro, realmente, no —comenzó, eligiendo sus palabras con cuidado—. Solo triste o decaído. Algunas personas te miran diferente, como con disgusto, pero eso se llama envidia. O están celosos porque sonríes, a pesar de lo que te pasa —explicó con compasión—. Y eso es lo que he notado «raro» en ti o en lo que te rodea. He tratado de hablar con tu madre, ella realmente te ama; aunque diga que eres diferente. Ella está orgullosa de ti. Tu padre, a pesar de que se encuentren y hablen poco, te quiere de una forma diferente; pero igual que tu mamá. Están orgullosos de quién eres.

La revelación sobre el afecto de sus padres dejó a Josué sin palabras por un momento.

—¿Orgullosos de mí? —repitió con incredulidad y emoción en su voz.

La confesión lo dejó con una mezcla de sorpresa y comprensión.

—Sí, ¡lo están! —confirmó, tratando de consolar a su amigo—. No sé lo que para ustedes los humanos se considera raro o anormal; pero en el Cielo solo vemos almas, que son buenas o malas, y juzgamos según ello. ¡No llores, por favor!

Josué, con los ojos aún húmedos, buscó la mirada tranquilizadora de Michael.

—Michael, tú, a pesar de todo, ¿me ves como una persona buena? —preguntó, buscando una validación en las palabras de su amigo. Michael asintió con seguridad.

—Sí, lo eres y mucho —aseguró, transmitiendo todo su apoyo y tomándole una mano con fuerza.

—Gracias de verdad —respondió Josué con sinceridad—. A pesar de que el mundo mire a muchas personas de manera dife-

rente, muchas nos señalarán sin importar nuestros sentimientos.
—Dejó caer unas lágrimas de sus ojos. La declaración de Josué llevó a Michael a prestar aún más atención.

—¿Por qué lo dices? —indagó, interesado en entender mejor los sentimientos de su amigo.

—Michael, ¿te puedo ser muy sincero con algo que nunca he hablado con nadie que no fuera mi mamá? —preguntó Josué con cautela.

—Dime —animó Michael, preparado para escuchar con compasión cualquier cosa que su amigo quisiera compartir.

La confesión de Josué lo tomó por sorpresa, pero su reacción fue de apoyo y comprensión.

—¿Qué tiene eso de malo? —preguntó, incrédulo de que algo así pudiera hacer llorar a su amigo.

—¡¿No te parece malo?! —respondió Josué, todavía con la mirada baja.

—No, para nada. Soy un ángel, no un mortal. Además, no sé qué significa eso; explícame —pidió Michael, tratando de entender mejor la situación.

Josué suspiró y buscó las palabras adecuadas.

—Bueno, es raro de explicar exactamente; es como si te enamoraras de alguien idéntico a ti.

—¿Idéntico? Pero son personas, son humanos, son almas. No entiendo —dijo Michael, confundido.

—Idéntico en el sentido de que me atraen sentimentalmente las personas o, como tú dices, para que entiendas mejor, las almas que están en un cuerpo igual que el mío —continuó Josué.

—¿Eso significa gustar a los chicos? —preguntó Michael, intentando aclarar sus pensamientos.

—Aún no entiendes, tonto —respondió Josué con una pequeña sonrisa.

Michael reflexionó por un momento.

—Creo que no, tampoco el significado de «gustar».

—Es... —comenzó Josué, buscando las palabras adecuadas—... sentir atracción por algo.

—Creo entender —dijo Michael, pero aún no captaba el tema con detalles.

—Un ejemplo: yo soy un pastel de chocolate, porque soy un chico, y la chica del costado es de color rosa, porque ella es mujer, y a mí me gustan los mismos de chocolate —dijo Josué, tratando de simplificar la situación.

—Entiendo. Entonces, posiblemente, preferiría amar los de chocolate, como tú —asintió Michael, entendiendo ahora—. Aun así, no me parece raro.

Josué asintió, agradecido por la comprensión de su amigo. Aunque aún quedaba la duda en su mente de por qué a un ángel le gustarían los chicos, decidió dejarla de lado por el momento y seguir adelante. Juntos, salieron del restaurante y se dirigieron hacia donde estaban los padres de Josué, ya que el papá había llegado para darles un aventón a casa.

Después de un tiempo caminando por el centro comercial, los encontraron. El ambiente estaba lleno de luz y bullicio, con gente apresurada y tiendas coloridas. Al ver a los padres de Josué, Michael sintió un cálido alivio, como si hubiera llegado a un lugar familiar en medio del ajetreo del centro comercial.

El padre de Josué, con una sonrisa amistosa, se acercó a Michael y comenzó la conversación.

—Michael, ¿cierto? Mi nombre es Mario. —Su tono era amigable, como si ya lo conociera de toda la vida.

—Sí, señor. Es un placer, señor Mario. ¿En qué lo puedo servir? —respondió Michael con cortesía, sintiéndose un poco nervioso ante la atención de los padres de Josué.

—¿Irás con nosotros al viaje? —preguntó Mario con interés genuino, sus ojos brillando con entusiasmo por la idea de tener a Michael como compañero de viaje.

—Señor, realmente me gustaría, pero tampoco me gustaría ser molestia para ustedes —respondió Michael, preocupado por no querer incomodar a la familia de su amigo.

—No, hijo, estás invitado. Mi esposa me estaba hablando sobre ti y dice que eres un buen muchacho —intervino Mario, con una sonrisa cálida y acogedora.

Michael sintió un cálido rubor en sus mejillas ante el elogio de la mamá de Josué.

—Gracias, señora. Me encantaría acompañarlos —respondió con sinceridad, halagado por la invitación.

—¡Perfecto, muchacho, decidido! —exclamó el señor Mario con entusiasmo—. Espero que sepas que el viaje es mañana. Deberías quedarte aquí para que puedas partir temprano con nosotros.

—Si no hay ningún problema, puedo quedarme. Por mí está bien —respondió Michael con una sonrisa, emocionado por la perspectiva de compartir ese momento especial con la familia de Josué. Luego de estar viendo vitrinas y tiendas, cogieron el coche y se fueron a casa.

—Bueno, hijo, acomódate, estás en tu casa —dijo Mario con calidez, dando a Michael una palmada amistosa en un hombro.

—Gracias, señor. Estoy muy agradecido por la invitación —expresó Michael, con un brillo de emoción en sus ojos, mientras se preparaba para disfrutar de la compañía y la aventura que los esperaban en el viaje.

Mientras Michael estaba recostado sobre la cama de Josué, observando el techo con la mente vagando entre pensamientos, este se ocupaba de acomodar las cosas para que su amigo pudiera descansar. El ambiente tranquilo de la habitación se vio interrumpido por un leve presentimiento, que hizo que Michael se tensara. Entonces, como un susurro en su mente, percibió el leve parpadeo rojo del reloj que manejaba el tiempo de los ángeles en la Tierra.

Michael se levantó de la cama con un brillo de urgencia en sus ojos, al darse cuenta de que había estado sonando durante toda la charla.

—¡Josué, tengo que ir de manera urgente al palacio! ¡Espera aquí, no puedo perderme esto! —exclamó con su voz suave, mientras se preparaba para partir.

Josué observó con sorpresa y preocupación cómo Michael se apresuraba hacia las ventanas para abrir el portal al Cielo, su mente se llenaba de preguntas sobre lo que podría estar pasando en el palacio.

—¡Espera! ¿Qué está sucediendo? —preguntó, pero Michael ya estaba en la ventana, moviendo sus grandes alas con una velocidad impresionante dentro del portal.

En cuestión de segundos, llegó al palacio con una sensación de urgencia palpitando en su pecho. El santuario estaba lleno con sus compañeros, que parecían estar esperando algo importante. Michael se abrió paso entre ellos, con los ojos fijos en la figura de la máxima autoridad, en el centro de la habitación.

El aire en el santuario estaba cargado de anticipación y tensión, y Michael se preguntó qué podría haber provocado esta reunión repentina. Estaba decidido a descubrirlo y hacer todo lo posible para proteger a aquellos a quienes había jurado cuidar.

Al entrar en la sala, Michael se encontró con las miradas serias de sus compañeros, una atmósfera cargada de tensión que casi se podía palpar en el aire. Samuel lo invitó a tomar asiento con un gesto serio y Michael obedeció, con la intriga palpable en sus ojos.

—¿Qué está pasando aquí? —preguntó Michael, su voz temblando ligeramente por la inquietud. Samuel tomó aire antes de responder, mirándolo con seriedad.

—Gabriel está planeando arrancarte las alas —reveló, y el corazón de Michael dio un vuelco ante esas palabras.

—¿Qué demonios le pasa a Gabriel? —exclamó Michael, sintiendo cómo la preocupación se apoderaba de él.

Antes de que pudiera recibir una respuesta completa, Uriel intervino con voz calmada pero firme.

—No sabemos exactamente qué lo ha llevado a este extremo, pero lo que importa ahora es tu seguridad. No debes enfrentarlo solo si no está en sus cabales.

Michael asintió, tomando una profunda bocanada para calmar sus nervios.

—Entiendo. Iré a ver qué está sucediendo —declaró, su ojos brillaban con fuerza. Rafael se acercó a él con una mirada de preocupación.

—Recuerda, estamos aquí para ti. Llámanos si necesitas ayuda.

—Lo haré. Gracias a todos —respondió Michael, antes de salir apresuradamente de la sala, preparado para enfrentarse a lo que fuese que encontraría en el campus de la escuela.

Se detuvo en seco al ver a Gabriel en su forma de ángel, con la lanza arponada apuntándolo directamente, llena de sangre humana. Un escalofrío recorrió su espalda mientras observaba la escena con cautela. Antes de que pudiera reaccionar, Gabriel abrió sus alas y una espesa neblina púrpura envolvió el campus, reduciendo drásticamente la visibilidad.

La neblina parecía danzar a su alrededor, y Michael luchaba por mantener la compostura mientras se movía con cuidado a través de ella. Cada paso lo llevaba más adentro de la oscuridad y la presión en el aire era palpable.

—Gabriel, ¿qué estás haciendo? —preguntó Michael, su voz resonando en la neblina mientras buscaba al otro ángel entre la oscuridad.

No recibió respuesta, solo el sonido sordo de sus propios latidos retumbando en sus oídos. Con el corazón latiendo con fuerza, Michael avanzó con cautela, preparado para enfrentar lo que fuera que encontraría al otro lado de la neblina.

La voz de Michael temblaba de angustia mientras veía a Gabriel avanzar hacia él, empuñando la lanza. La niebla púrpura se arremolinaba a su alrededor, como una sombra que amenazaba con envolverlos por completo.

—Gabriel, por favor —suplicó Michael, con los ojos llenos de preocupación—. No dejes que la oscuridad te consuma.

Gabriel continuaba avanzando, su expresión endurecida mostraba rabia. La lanza en su mano parecía brillar con una energía ominosa, lista para ser utilizada en contra de su amigo, como lo hizo con el cadáver que tenía frente a él.

—Detente, Gabriel —insistió Michael, alzando las manos en un gesto de rendición—. No tienes que hacer esto. Podemos ayudarte.

Sus palabras parecían caer en oídos sordos. Gabriel estaba decidido a seguir adelante, consumido por una ira que Michael no podía entender del todo.

Entonces, la niebla se dispersó repentinamente, revelando una visión que llenó de horror a Michael. Detrás de él, emergiendo de la oscuridad, se encontraba una figura monstruosa, retorcida por la corrupción y el mal. Era como si la propia niebla púrpura hubiera cobrado forma, manifestando la corrupción que estaba infectando el alma de Gabriel.

—Gabriel, ¡no! —exclamó Michael, con el corazón lleno de desesperación, mientras se daba cuenta de la verdadera naturaleza de la amenaza que enfrentaba. Pero ya era demasiado tarde. La sombra de la corrupción se abalanzó sobre Gabriel.

—¡No entiendo qué te está pasando, pero esto debe parar ya! Estoy harto de escucharte, de aguantar tu odio hacia los humanos —exclamó Michael, con una frustración palpable. Gabriel lo miró con furia, sus ojos chispeaban.

—Tú no entiendes nada. Ya eres uno de ellos; tu cuerpo, tu forma de hablar, todo grita «humano».

Confundido, Michael frunció el ceño.

—¿De qué estás hablando, Gabriel? Siempre he sido el mismo. ¡Muéstrate, cobarde! ¿Y qué pasa con esa niebla púrpura? —Gabriel había sido envuelto por la figura que había visto anteriormente, cuestionando su visión. La respuesta de Gabriel fue un gruñido de desprecio.

—Tú no sabes, o no quieres recordar.

La tensión era palpable.

—¿Qué es lo que no debería saber? ¡Muéstrate, Gabriel! ¡Quiero saber qué está pasando!

—¿Quieres verme? Entonces prepárate para enfrentar las consecuencias —respondió Gabriel con voz ominosa, avanzando lentamente hacia Michael a través de la niebla púrpura que los rodeaba.

Michael contuvo el aliento, lleno de temor. La verdad estaba a punto de revelarse y él estaba listo para enfrentarla, sin importar las consecuencias.

—Lo hice, Michael —dijo Gabriel, con un tono cargado de dolor—, con mis propias manos. Mi lanza quedó impregnada de su putrefacto olor.

Los ojos de Michael se abrieron con horror, su corazón latía con fuerza.

—No, no puede ser posible, Gabriel.

—Pero lo es —continuó Gabriel, con una frialdad que helaba el aire a su alrededor—. Así como arranqué su alma, lo haré con cada ser humano impuro que se cruce en mi camino. ¿Qué es lo que temes?

Michael sintió un nudo en la garganta, luchando contra el miedo que amenazaba con dominarlo.

—No tengo miedo. Todos en el palacio sabrán lo que has hecho.

Gabriel dejó escapar una risa oscura y despiadada.

—No llegarán a mí. Y, si lo hacen, será demasiado tarde.

—Serás expulsado, tus alas arderán —advirtió Michael, su voz temblorosa—. Te has convertido en la plaga que hemos perseguido durante milenios para proteger este mundo.

—Pero nunca sabrás lo que se siente —respondió Gabriel con amargura—. Ver el temor y el dolor de un alma… —dejó una pausa— es lo más hermoso que he experimentado en mi existencia. Ver cómo el alma que debía proteger agoniza entre mis manos y su sangre se derrama en el suelo.

Un escalofrío recorrió la espalda de Michael ante las palabras de su antiguo amigo.

—Eres un… —Pero sus palabras quedaron cortadas.

—Pero tú, Michael —interrumpió Gabriel con una sonrisa retorcida—, estás más manchado que yo.

Confundido y consternado, Michael apenas pudo articular una pregunta.

—¿De qué estás hablando?

—Ese joven y tú —hizo una pausa para pasar saliva— están enlazados por una energía que se huele desde aquí y es repugnante.

—¿Enlazados? —murmuró Michael, desconcertado por las palabras de su antiguo amigo.

—Serás arrastrado por tu propia desesperación y caerás más bajo que yo —continuó Gabriel, con una mirada llena de desdén.

Michael sintió un nudo en el estómago, una mezcla de preocupación.

—Gabriel, perdóname ante Dios por lo que haré, pero no queda otra.

Sin decir una palabra, Gabriel levantó su lanza; pero, antes de que pudiera atacar, Michael actuó con rapidez. Con un movimiento ágil, se lanzó hacia Gabriel, derribándolo con un golpe certero. Agarrándole las alas con firmeza, tiró de ellas con fuerza hacia arriba, sintiendo el crujido de los huesos mientras se quebraban bajo su agarre.

Con un último esfuerzo, Michael levantó su espada y, con un solo tajo preciso, desgarró las alas de Gabriel, cortando a través de ellas con una fuerza implacable. Un destello de dolor cruzó el rostro de Gabriel mientras las alas se separaban de su cuerpo, dejándolo indefenso en el suelo, privado de su poder angelical.

—Perdóname, Gabriel —se tragó tus propias emociones—, pero no mereces el cargo que se te otorgó. Te juzgo como ángel caído, clausurando tu entrada al palacio y quitando cada privilegio otorgado a los ángeles protectores de la Tierra y, más aún, siendo ángel de la guarda.

Gabriel bajó la mirada, aceptando su destino con resignación. Tirado en el suelo, murmuró:

—Discúlpame tú a mí, Michael, por lo que pronto sucederá.

—¿A qué te refieres? —preguntó Michael, confundido por las palabras crípticas de su antiguo compañero.

En ese preciso instante, desde los abismos más profundos del Inframundo, las puertas crujieron al abrirse, revelando una oscuridad que parecía devorar la luz a su alrededor. Un escalofrío recorrió el aire cuando Lucifer, el mismísimo señor del Infierno, emergió de las sombras con una presencia imponente y malévola. Su figura estaba envuelta en una penumbra siniestra, su mirada irradiaba un fuego infernal y su presencia era como un peso opresivo que parecía aplastar el alma de quienes lo contemplaban.

—Michael Malevich, es un gusto conocerte nuevamente, querido hermano —dijo Lucifer con una sonrisa maliciosa.

—Lucifer —haciendo una pausa para continuar—, he pasado mucho tiempo sin ver tu rostro desde que proclamaste la guerra eterna contra el palacio —respondió Michael, manteniendo su postura desafiante.

—Buenos tiempos aquellos —susurró Lucifer con nostalgia—. Pero, en fin, pronto nos veremos. —Cambió de tema, moviendo una mano—. Vengo por este ángel reclamado por el Infierno.

Michael sintió un escalofrío recorrer su espalda al escuchar las palabras de Lucifer.

—No puedo hacer nada, Gabriel está bajo tu dominio ahora. Llévatelo, pero no quiero verte la cara cuando lo conviertas en uno de los tuyos.

—Esperemos que sea así —respondió Lucifer, sonriendo—. Además, creo que lo verás bastante tiempo recorriendo tu ciudad.

—No importa cuánto tiempo pase, ustedes nunca ganarán —contraatacó Michael, con una mirada desafiante—. Nuestros ángeles pueden ser pocos; pero tenemos esperanza, que es más fuerte que tu desesperación —replicó con firmeza en su voz.

—Tomaré este cuerpo, que pronto arderá en mis llamas, y lo traeré de vuelta para que veas su hermosa transformación —amenazó Lucifer, con un tono oscuro.

—Si vuelves a tocar un alma en este plano, te juro, Gabriel, que destruiré cada partícula que hace que seas quien eres —advirtió Michael, señalándolo.

—Esperemos eso —respondió con frialdad.

En los últimos momentos, un estertor infernal resonó desde las profundidades del abismo y, de donde salió Lucifer, se vio algo moviéndose. Desde allí emergieron unas cadenas oscuras y retorcidas. Arrastraron el cuerpo de Gabriel hacia el abismo ardiente, donde las formas físicas concedidas por la gracia divina eran consumidas y destruidas. En ese lugar de tormento eterno, su ser fue sometido a una transformación impía, dando origen a una nueva entidad imbuida de desesperación y sed de caos, una criatura nacida de las cenizas y las sombras, destinada a sembrar la ruina allí donde pisase.

Con una lágrima resplandeciendo en su rostro, Michael voló con celeridad hacia la casa de Josué, consciente de que debía darle aviso de su demora en regresar al palacio celestial. Al llegar, encontró a su amigo esperándolo junto a la ventana, con una expresión de preocupación y expectación.

—¡Ey, Michael Malevich! ¿Dónde diablos estabas metido? ¡Tuve que inventar mil y una excusas para disimular tu ausencia!

—¡Tranquilo, Josué! Te lo explicaré todo en un momento. Estoy de camino al palacio y volveré en un abrir y cerrar de ojos. Hazles saber a tus padres que me llamaron los míos. Si no regreso en tres horas, búscame en la carretera. Estate atento al coche de tu padre.

—Espera... ¿Qué ha pasado?

—Te lo contaré luego. Tengo que irme. Abrígate bien, por favor.

—Entendido —respondió Josué, al ver a Michael otra vez abrir el portal hacia el palacio.

Allí reunió a todos los arcángeles de la guarda que velaban por las almas en la Tierra. La ausencia de Gabriel no pasó desapercibida para ninguno y, cuando la máxima autoridad se presentó, fue él quien le pidió a Michael que hablara en su lugar.

—Compañeros, las almas que protegemos están en peligro —comenzó Michael con voz grave—. Gabriel ha sido seducido por la oscuridad y, por ley, no pude hacer otra cosa que permitirlo. Me duele profundamente. —Su voz se oía ahogada por la tristeza que ahora lo sometía.

La máxima autoridad interrumpió, buscando respuestas.

—¿Qué ha sucedido, Michael?

—Rafael, ha sido un cúmulo de acontecimientos desde que estuviste ausente —respondió Michael con seriedad.

—Pido permiso para hablar —intervino Rafael.

—Adelante —concedió la máxima autoridad. Michael asintió y Rafael continuó:

—Durante nuestras observaciones, hemos visto cómo la desesperación ha tocado el corazón de Gabriel. Debemos enfrentarlo ahora que tenemos pruebas.

—Mi señor, no quería tomar esa decisión, pero por dentro no podía dejar de ver la imagen del joven sin vida —dijo Michael entre murmullos.

—¡Michael, cálmate! —intervino Samuel, tratando de contener la situación—. Sé que Gabriel era importante para ti, pero ha cruzado una línea. Un ángel que pierde el control puede volverse malévolo y, por ley, nuestra única opción es condenarlo al abismo del Infierno y arrancarle las alas para que nunca más pueda regresar al palacio.

—¿Entonces las alas de Gabriel fueron arrancadas? —preguntó Uriel con preocupación.

—Así es, Uriel —confirmó Michael, con el peso de la culpa en sus palabras—. ¡Pero no fue mi elección! ¡Tuve que hacerlo! Debería haberme dado cuenta desde el principio, cuando su aura comenzó a oscurecerse.

—¿A qué te refieres? —preguntó uno de los ángeles, confundido por la situación—. Algunos de nosotros vemos a los humanos de manera diferente, yo incluido.

—Uriel, sé que no tienes malas intenciones, a pesar del asco que te provocan sus actos —comenzó Michael, dirigiéndose a su compañero con comprensión—. Pero Gabriel los odiaba. Ver el cuerpo del chico atravesado por la lanza, bañado en sangre en el campus, fue mi límite y tuve que actuar.

La máxima autoridad asintió solemnemente.

—Ahora somos seis —agregó, reconociendo la preocupación de Michael—. No podemos encargarnos de tantas almas en el mundo.

—Pero no se preocupen —intervino otro ángel—. Pronto vendrán nuevas directrices de Dios.

—Dios —murmuró otro ángel, con un dejo de incredulidad en su voz—. Él nunca ha intervenido en nuestros asuntos. Siempre hemos tratado de resolver todo por nuestra cuenta, bajo las condiciones del Cielo.

—Pero ahora las cosas son diferentes —dijo la máxima autoridad—. Hace mucho tiempo que nuestro Padre no nos ha dado órdenes directas. El tiempo ha llegado y el chico ha despertado —afirmó con solemnidad—.Pronto descubrirán la realidad que la verdad jamás reveló.

CAPÍTULO IV
ES HORA DE HABLAR

El tictac del reloj llenaba la habitación con su monótono ritmo. Michael observaba su muñeca con impaciencia, reflejando la tensión que flotaba en el aire.

—¿La hora? Todos sabemos a lo que nos enfrentamos —murmuró, su voz apenas un susurro en la quietud.

La figura imponente de la máxima autoridad se alzó delante de él, una sombra en la penumbra.

—Michael, hay algo que Dios te ha otorgado, pero debo entregártelo a solas; la reunión ha terminado. Espero volver a verlos pronto —declaró, su tono autoritario resonando en la sala.

Mientras todos salían de la habitación, Michael se quedó a solas con El. Se enderezó, enfrentando a su superior.

—¿Qué ha pasado, máxima autoridad? —preguntó, sus ojos buscando respuestas. La máxima autoridad exhaló un suspiro pesado.

—Debo dejar de fingir —confesó, con una emoción contenida. La sorpresa paralizó a Michael por un momento.

—¿Fingir? ¿Qué estás diciendo? Aquí nadie está fingiendo —respondió, con gran desconcierto.

—Pero yo, Michael, yo sí —insistió la máxima autoridad. Los ojos de Michael se fijaron en aquel ser tan imponente frente a él.

—Señor, pero tú has sido la máxima autoridad desde el principio —señaló con una voz llena de respeto. La máxima autoridad asintió lentamente, mientras su mirada se perdía en el infinito.

—Yo soy el principio —murmuró, como si estuviera recordando un pasado lejano.

La tensión en la habitación se hizo palpable mientras los dos hombres hablaban en un silencio cargado de significado.

—Entonces, ¿quién eres? —preguntó Michael con un susurro.

—Soy Cronos —respondió la máxima autoridad. Los ojos de Michael se agrandaron con asombro.

—¿El Padre Tiempo? —murmuró, asimilando la revelación. Cronos asintió con solemnidad.

—Exacto. —Dejó un gran silencio para continuar—: Dios todo lo puede —murmuró, mientras la habitación se tornaba azulada.

—Pero ¿por qué tú? —preguntó Michael, inquieto y lleno de preguntas.

—Soy quien ha guiado a todos ustedes para entender lo que deben enfrentar, a través de las almas seleccionadas —explicó Cronos, con una voz llena de milenios de conocimientos.

La revelación hizo que Michael retrocediera y su mente girase con nuevas preguntas y posibilidades.

—Entonces, ¿estamos jugando con algo que se avecina? —preguntó con temor.

Cronos asintió lentamente, sus ojos brillando con un conocimiento que se extendía más allá del tiempo mismo.

—Exactamente como lo has dicho, Michael Malevich —respondió, su voz llena de una certeza inquebrantable.

Con un gesto final, Cronos se alejó lentamente, ocultándose en las sombras mientras la habitación volvía a sumirse en el silencio.

—Necesito irme —murmuró Michael, su mente zumbando con las revelaciones recién descubiertas.

—Las puertas están bien abiertas, chico. Haz lo que debes hacer para mantener esto al margen, o yo mismo cortaré tus alas —dijo el dios menor del tiempo. Michael sostuvo la mirada de Cronos, sin mostrar miedo.

—No te tengo miedo y, si piensas hacerme algo, recuerda que también puedo borrarte de la existencia —advirtió, con un tono firme y decidido.

La esencia de Cronos se mantuvo imperturbable, pero Michael pudo percibir una chispa de reconocimiento en sus ojos.

—Aún soy tu superior; así que no rebeles contra mí, o tu tiempo de estancia en la Tierra y aquí será muy corto —añadió Cronos, desafiante pero consciente de su posición.

Cronos emitió un gruñido apenas perceptible.

—Mejor me iré rápidamente de aquí, antes de que mis alas apesten como tus relojes —continuó Michael, su tono sarcástico llenando la habitación.

—Entonces nunca te enterarás de lo que están hechos —respondió Cronos, en un susurro que pareció extenderse a lo largo de los siglos.

—De hecho, no necesito saberlo —replicó Michael, preparándose para partir.

—Nos veremos pronto, ángel protector —concluyó Cronos, su voz resonando en la habitación mientras Michael desplegaba sus alas y se alejaba de la presencia del dios menor del tiempo.

Michael atravesó el palacio con elegancia, salió y descendió hacia la Tierra. Al llegar a la ventana de Josué, lo encontró dormido y se acurrucó junto a él, buscando descanso después de su encuentro con la verdadera naturaleza de la autoridad del palacio.

—Michael, despierta. —Josué le sacudió ligeramente un hombro.

Michael se revolvió entre las sábanas y murmuró:

—Déjame descansar un poco más, por favor.

Josué cruzó los brazos y frunció el ceño.

—Ya tenemos que salir, todo está listo para irnos.

Michael abrió los ojos de golpe y se incorporó, desorientado.

—¡Espera! ¿Qué?

Josué se inclinó hacia él con una mirada decidida.

—Te comprometiste conmigo y mis padres. Vamos, levántate.

Michael suspiró y se estiró, desplegando sus alas con un crujido.

—Está bien, espera.

Josué se puso nervioso y empezó a caminar de un lado a otro.

—¿Qué estás haciendo?

—Me estoy levantando y estirando las alas. —Michael bostezó y se sacudió el sueño. Josué se detuvo en seco y lo miró con urgencia.

—¡Michael, en cualquier momento, mi madre puede entrar en esta habitación y verte así! Por favor, vístete.

Michael se encogió de hombros y empezó a buscar su ropa.

—Vale, vale.

Mientras Michael se vestía, Josué se sentó en el borde de la cama, mirando el suelo.

—Supongo que me explicarás qué pasó anoche.

Michael hizo una pausa y lo miró con seriedad.

—Mi ala derecha me traicionó.

Josué levantó la vista, confundido.

—¿A qué te refieres? Yo las veo intactas.

Michael bajó la mirada y suspiró.

—Otro ángel de la guarda nos traicionó. Tuve que exiliarlo del palacio y arrancar sus alas. No quería hacerlo, Josué. Eso no tiene perdón, pero tuve que hacerlo.

Josué se acercó y colocó una mano en el hombro de Michael.

—Lo siento, debe de haber sido muy duro para ti.

Michael asintió lentamente, sus ojos reflejando el peso de su acción.

—Sí, lo fue. Pero no tenía otra opción.

Michael miró a Josué con una expresión seria.

—Las leyes me obligan a acatarlas. No puedo pasar por encima de las leyes que nosotros mismos establecimos hace miles de años.

Josué frunció el ceño, confundido.

—Espera, ¿hay más de ustedes?

Michael asintió.

—¿Nunca prestaste atención a las historias de tu bisabuela?

—Sí, lo hice, pero nunca creí que fueran verdad.

—Somos siete arcángeles, encargados de las almas de la Tierra. Debemos proteger y cuidar lo que nos convierte en los ángeles de la guarda de los humanos. mientras que los demás solo están para hacer otras tareas. En el Reino de los Cielos se necesitan muchas manos.

Josué se quedó boquiabierto.

—Entonces, todas las historias son ciertas. Michael, ¿qué edad tienes?

—Desde que Dios nos creó, posiblemente, al principio de todo.

Josué se pasó una mano por el cabello, intentando procesar la información.

—Espera.

Michael se inclinó hacia él, preocupado.

—Josué, ¿todo bien?

Josué soltó una risa nerviosa.

—Obvio, ¿cómo no lo voy a estar? Mi mejor amigo es un ángel y, además, tiene miles y miles de años y yo soy su amigo. Claro, ¿cómo no voy a estar bien?

Michael sonrió, aliviado.

—Me alegra que te agrade la verdad.

—¡No! No lo entiendes; es sarcasmo.

Michael frunció el ceño, confundido.

—¿Qué es el sarcasmo?

Josué rio y puso una mano en el hombro de Michael.

—Te lo explicaré en el camino. Vamos, hay mucho que hacer —dejó en claro, hizo una pausa para continuar—. Michael, no te preocupes. Lo importante es que estás bien y todo se solucionó con lo que hiciste.

—Aún las cosas no se han arreglado del todo. Muchas preguntas quedaron a la deriva y tenemos que buscar respuestas; de todas maneras, eso no va a arruinar tus vacaciones —dijo Michael, sonriendo.

—Dirás «nuestras vacaciones» —refutó Josué.

—Cierto. —Michael sonrió, ahora haciéndole una mueca.

—Termina de arreglarte, ya debemos bajar —dijo Josué, caminando hacia la puerta. Michael se giró de espaldas.

—Pero voltéate; todo ya está arreglado y en su sitio, para solo montarlo en el coche de tu padre.

Josué levantó una ceja, sorprendido.

—Espera, ¿qué hiciste?

—Secretos de un ángel. Ahora bajemos todo esto —dijo, levantando sus alas. Josué suspiró, resignado.

—No preguntaré más, bajemos.

Pronto se dispusieron a bajar cada maleta y caja hasta el carro; entre risas y carcajadas, guardaron cada una dentro del maletero y arrancaron hacia el norte de la ciudad, rumbo a las playas más hermosas que podían conocer dentro de su país. Casi doce horas de viaje tenían por delante por la carretera nacional para llegar a su destino, pero era algo que la familia ya se había propuesto hacer. Tenían muy claro en la mente que sería diferente junto al amigo de su hijo.

Después de haber salido de casa, ya la hora de comer se estaba acercando y esperaron a ver el primer restaurante en el camino para parar y estirar las piernas en un lugar agradable. Ya llevaban varias horas de viaje y, casi a medio camino, a lo largo de la carretera, vieron unas vallas publicitarias de un restaurante que llamaron mucho su atención. Decidieron hacer una parada ahí para descansar un rato y comer.

Al llegar al restaurante, estacionaron el auto en la parte trasera del primer salón; ya que había tres.

—¡Vamos a ver qué tal está la comida aquí! —exclamó el papá de Josué, liderando el grupo hacia la entrada.

Michael miró a su alrededor, tomando nota de los detalles del lugar.

—Parece un buen sitio para recargar energías —comentó mientras seguía a la familia de Josué.

Una vez dentro, fueron recibidos por el aroma tentador de la comida casera. La decoración rústica y las sonrisas del personal los hicieron sentir bienvenidos. Eligieron una mesa cerca de una ventana con vista a un pequeño jardín y se sentaron, ansiosos por probar los platos del menú.

Mientras esperaban la comida, la conversación fluía con naturalidad. Hablaron del viaje, de las expectativas para las vacaciones y compartieron anécdotas divertidas.

—Este lugar tiene un ambiente genial —dijo Michael, sonriendo—. Definitivamente, fue una buena elección parar aquí.

Josué asintió con una sonrisa.

—Sí, necesitábamos este descanso. Y, además, ¡la comida huele increíble!

—Bueno, ya acabamos de llegar a la única parada de este hermoso viaje en familia y con amigos —anunció el padre de Josué, haciendo que todos pararan de hablar.

—Bien dicho, amor —respondió la madre—. Muchachos, si quieren, pueden ir a caminar o explorar un poco. Nosotros vamos a apartar la mesa y pedir algo para todos.

—Señora, ¿podría ser tan amable de regalarme o comprarme un trozo de pastel, si lo hay aquí? —preguntó Michael con una sonrisa.

—No te preocupes, muchacho. Me puedes llamar Gloria; a mi edad, aún no deberían tratarme de esa manera —respondió ella con amabilidad.

—Deberías hacerle caso, Michael. Llevo treinta años casado con ella y nunca le ha gustado —agregó Mario con una sonrisa cómplice.

—Bueno, Michael, vamos a caminar —dijo Josué, tomando a su amigo del brazo.

—En quince o diez minutos saldremos a buscarlos, así que estén cerca —dijo Gloria, antes de desaparecer en el restaurante con su esposo.

—Perfecto, mamá —respondió Josué, asintiendo con la cabeza.

—Oye, Josué, ¿nunca has sentido que tu vida la maneja una fuerza sobrenatural? —preguntó Michael con curiosidad.

—Pues, realmente, sí lo he sentido, pero también sé que hay cosas que me las he buscado por mí mismo —respondió Josué, reflexionando.

—Es curioso.

—Sí, lo es. ¿Y a qué se debe la pregunta? —preguntó Josué, intrigado.

—Es solo una pregunta —respondió Michael, encogiéndose de hombros—, como tú mismo estás diciendo.

—Está bien —dijo Josué, pensativo.

Después de un breve paseo por los alrededores del salón principal del restaurante, los padres de Josué los encontraron y les trajeron la comida. Mientras comían, se sorprendieron al ver a Michael tragar con la misma emoción que un niño al probar algo nuevo. En su rostro se reflejaba el placer de cada bocado, como si cada mordisco fuera un trozo de cielo para él. Aunque, disimuladamente, se divertían con su curiosidad constante sobre los platos, se sentían felices de verlo compartir con su hijo y disfrutar.

Una vez que terminaron el banquete, decidieron reposar un poco la comida y se recostaron en unas hamacas que había cerca de una cabaña del restaurante. Los padres de Josué se quedaron dormidos rápidamente, pero dejaron claro que solo descansarían durante treinta minutos antes de partir de nuevo.

Mientras, Michael subió a la parte alta de un árbol y se acurrucó entre las ramas, disfrutando de la preciosa vista. Para hacerlo, se quitó la camisa y tomó su forma de ángel, extendiendo sus alas para sentir la suave brisa que acariciaba su piel.

—Oye, Michael, ¿no crees que es un poco peligroso que estés así? —preguntó Josué con preocupación.

—Tus padres despertarán dentro de veinte o treinta minutos, así que deberías aprovechar y descansar tú también —sugirió Michael, intentando convencer a su amigo.

—Ya sabes, debería contarte algo —comenzó Josué, pero Michael lo interrumpió.

—Deja las sorpresas para después, debes descansar —dijo con el ceño fruncido.

—Está bien —dejando en claro su molestia—, yo estaré al cuidado por si acaso. Te llamo si sucede algo —aseguró Josué, prometiendo vigilar a su amigo.

Mientras todos tomaban una corta siesta, Michael decidió dar un paseo por los alrededores en su forma de ángel. Al volar, disfrutaba de la paz y la serenidad que ofrecía el entorno natural. Durante su vuelo, notó la presencia de algunos ángeles caídos de baja categoría cerca.

Michael reflexionó sobre la situación. Estos ángeles caídos podrían representar una amenaza potencial si se les permitía obtener más poder. Decidió abordar la situación con cautela. En lugar de tomar medidas agresivas, optó por otra opción mejor. Sin embargo, también sabía que debía asegurarse de que no representaran un peligro futuro. Apuntó con sus flechas, liberando una energía purificadora que eliminaba a cualquier ángel caído o energía negativa. Luego recogió la energía purificada para ser tratada, asegurándose de que no quedara ningún rastro de maldad.

Con el tiempo limitado antes de partir, Michael se apresuró a abrir un portal y dejó la tarea en manos de la máxima autoridad para que traspasara este mensaje a los demás.

—Máxima autoridad, aquí tienes —anunció Michael, entregando la energía purificada a esa figura etérea.

—Tienes que seguir con el muchacho hasta su destino y pasar más tiempo a su lado; aún hay cosas que quiero resolver y él es muy importante para Dios en este momento —instruyó la máxima autoridad.

—Lo hago porque me importa su persona y porque Dios lo manda; no porque tú lo mandas. Ya no reconozco tu poder —respondió Michael, manteniendo su postura firme.

—Trata de hacerlo, porque lo seré hasta que me lo permitan. Sigue con lo acordado —dijo la máxima autoridad, extendiendo una mano para recibir la energía.

Michael asintió, aceptando la responsabilidad que se le había encomendado.

—Entendido —respondió, antes de desaparecer en un destello para continuar su viaje.

Luego de conversar un corto instante, regresó a su forma humana. Se colocó su camiseta, sintiéndose satisfecho de haber cumplido su deber como ángel de la guarda.

Josué intentó subir para buscar a Michael. El follaje era denso y no lograba verlo; además, no podía llamarlo en voz alta sin preocupar a sus padres. En ese momento, Michael apareció al lado de Josué con un suave aleteo.

—¡Ahí estás! —exclamó Josué con alivio, mirándolo con una sonrisa—. Pensé que te habías perdido.

Michael le devolvió la sonrisa y asintió.

—Estoy bien, solo necesitaba un momento para disfrutar de la vista desde arriba.

—¡Vaya vista! —dijo Josué, mirando alrededor—. Es increíble.

Al ver a su hijo y a Michael en la punta del árbol, Gloria dejó escapar un grito de sorpresa y preocupación.

—¡Josué! ¡Michael! ¡Bájense de ahí ahora mismo! —exclamó, su voz llena de ansiedad.

Josué y Michael intercambiaron una mirada rápida antes de comenzar a descender con cuidado del árbol, conscientes de la preocupación de la mamá de Josué. Una vez que estuvieron a salvo en el suelo, se apresuraron a tranquilizarla y explicarle lo sucedido.

—¡Sí, señora! Lo que pasa es que traté de trepar el árbol y Josué trató de ayudarme, pero no pude llegar a aquella rama de arriba —explicó Michael.

—Tengan cuidado, ¿qué hora es? —preguntó la señora, mirando su reloj.

—Madre, ya deberíamos irnos. Ya han pasado los treinta minutos que quedaste en reposar —recordó Josué.

—Bueno, en marcha. ¡Viejo, levántate! Vamos ya para acortar el viaje —dijo Gloria, dirigiéndose a su esposo.

Todos se prepararon rápidamente para continuar el viaje, conscientes de que aún les quedaba un largo camino por delante.

Mientras se montaban en el auto, Michael se notaba un poco cansado y decidió recostarse. Sin pensarlo, terminó apoyando su cabeza en las piernas de Josué. Este último sintió un ligero sobresalto ante el gesto inesperado de su amigo, pero pronto la pena se desvaneció al verlo tan tranquilo. Profundamente, suspiró, dejando que la situación se asentara mientras acariciaba el cabello de Michael.

Con el pasar de los minutos, Michael se fue quedando dormido lentamente, mientras Josué lo miraba con ternura. Se acomodó en el asiento del auto y cerró los ojos, permitiendo que el suave vaivén del vehículo lo llevara hacia el sueño.

Horas después, finalmente, llegaron a su destino: una hermosa casa en la playa, rodeada de grandes edificios y plazas iluminadas. El ambiente era completamente diferente a lo que estaban acostumbrados en su tierra. Mientras estacionaban, Josué despertó a su amigo.

Al abrir los ojos, Michael se encontró con una escena idílica: los padres de Josué no estaban dentro del auto y ya habían parado en un extenso estacionamiento. Enfrente, una casa con farolas en su porche y un hermoso camino hacia la entrada, adornado con hermosas piedras.

Para Josué, todo parecía un hermoso sueño, pero a la vez una realidad que había deseado con fervor. Era como si estuvieran viviendo las páginas de un libro que nunca vieron escribir, una narrativa que se desplegaba ante sus ojos.

Sus pensamientos se dirigieron a Michael, quien lo veía pacíficamente a su lado. Su semblante tranquilo y suavemente iluminado por la luz del día le recordaba por qué valoraba tanto su amistad. Era imposible no sentir un lazo profundo con él, un sentimiento que trascendía lo terrenal y lo divino.

—¿De nuevo estás hablando contigo mismo, Josué? —interrumpió Michael.

—¡Michael! Detesto que aparezcas en mis pensamientos así de la nada —respondió Josué, con una mezcla de sorpresa y molestia.

—Lo lamento, pero escuché una parte de lo que dijiste. Me gustaría saber un poco más de tu sueño. —Hizo una pausa, mirándolo directamente a los ojos—. ¿Puedes contarme lo que añoras? —preguntó con curiosidad genuina en sus pupilas.

—No me molestaré porque lo hayas escuchado, pero ¿por qué preguntas sobre añoranzas? —cuestionó Josué, intrigado.

—La base de muchos sueños de ustedes los humanos lleva premoniciones o cosas que una vez hicieron en sus vidas anteriores —explicó Michael con serenidad.

—Entonces, ¿afirmas que nuestros sueños son equivalentes a nuestras mayores metas o deseos, y que también hay personas que ya han resucitado en el mundo? —preguntó Josué, asimilando la información.

—Muy ciertamente. Ahora dime, ¿qué soñaste? —instó Michael, interesado en escuchar la respuesta.

—Bueno, era como estar en el Cielo, junto a muchos ángeles. Era como una tierra paradisíaca llena de amor y no había ni bien ni mal. En cuanto a lo que más recuerdo, un chico se acercó y, simplemente, en el primer momento, sentí que era la persona indicada. Me sentí muy feliz al verlo, su sonrisa era como un rayo de luz y él me guio. Viajamos por muchas partes y recorrimos muchos sitios que jamás había visto, pero luego desperté cuando la oscuridad llenó todo de su presencia —compartió Josué, recordando el sueño con vivacidad.

—¿Ese chico se parecía a mí? —preguntó Michael, notando el tono de Josué.

—¡No, no lo era! —respondió Josué rápidamente, aunque su expresión delataba su nerviosismo.

—Sabes que a mí no me puedes mentir —le recordó Michael suavemente.

—Bueno, ¡sí! Era muy parecido a ti en tu forma de ángel —admitió Josué finalmente, resignado.

—Ven, dame un abrazo —invitó Michael, extendiendo sus brazos.

—Pero…, pero —tartamudeó, fingiendo negarse—. Está bien, abrázame; pero que realmente lo sientas. —Se movió hacia Michael con cautela.

—Entiendo, pero apriétame mientras lo hago. —Lo rodeó con fuerza.

—Tu corazón está latiendo fuertemente —comentó Josué, sintiendo el pulso acelerado de su amigo—. No digas nada, solo déjame sentir esto. —Apoyó su cabeza en el hombro de Michael.

—Tu voz… —comenzó Michael, pero Josué lo interrumpió.

—Sí, estoy llorando. —Sintió las lágrimas deslizarse por sus mejillas.

—¿Por qué estás llorando? ¿Te he lastimado? —preguntó Michael, preocupado.

—No, para nada; solo eres un gran amigo, el cual aprecio mucho y… —No terminó la frase; mientras intentaba explicarse, las palabras se le atragantaron ante la emoción del momento.

—¿Y yo soy ese chico de… —aclaró sus pensamientos para continuar— … tus sueños? —preguntó Michael, buscando confirmación en la expresión de Josué.

—Ya ha pasado bastante tiempo, ¿aún no has entendido que hay algo más aquí? —respondió Josué, con un tono lleno de significado.

—Oye, ¿aquella no es tu madre, la que se acerca? —señaló Michael, interrumpiendo la conversación.

—No me cambies el tema. —Su mamá se acercaba deprisa y la miró con desdén—. Mamá, ¿qué haces aquí? —preguntó Josué, sorprendido.

—Josué, adivina, les tomé una foto a ustedes dos juntos dormidos en el carro; ¡se ven tan lindos! —explicó Gloria con una sonrisa.

—¡Madre! —exclamó Josué, sintiendo una mezcla de vergüenza y ternura.

—Pero es una linda fotografía; además, es un buen recuerdo enmarcado de nuestras vacaciones —añadió Michael, tratando de calmarlo.

—Así es, muchacho, me gusta tu ánimo; Josué, deberías tomar más consejos de Michael —comentó su mamá, dirigiendo una mirada de complicidad a este.

—No lo creas, ya los he tomado por mucho tiempo —respondió Josué, con una sonrisa cómplice hacia Michael.

—Bueno, eso es lo importante, que los dos se han tenido el uno al otro. En eso se basa una fuerte relación —reflexionó.

—Madre, somos amigos —aclaró Josué, intentando poner fin a la incómoda conversación.

—Bueno, de todas maneras, no es como si estuvieran casados; pero en eso se basa una buena amistad —concluyó Gloria con una risa—. Michael, ve con el viejo, necesito hablar a solas con mi hijo.

—Con permiso, luego seguiremos hablando, Josué —dijo Michael antes de alejarse.

—Nos vemos luego dentro —respondió Josué, viendo partir a su amigo con una mezcla de agradecimiento.

Una vez a solas, Josué y su mamá caminaron hacia la playa. Entre ellos, un pequeño silencio incómodo se instaló, quebrado abruptamente por una carcajada.

—Hijo, cuéntame, realmente, ¿él te gusta? —preguntó Gloria, rompiendo la tensión.

—Sabía que, en algún momento, lo preguntarías, pero no te lo negaré. Eres mi madre, tienes instinto —admitió Josué con sinceridad.

—Pero sincérate conmigo, mírame en este momento como la persona en la que puedes confiar y sacar esas espinas de tu alma —instó su mamá con cariño.

—Es muy complicado. No lo conoces como yo —respondió Josué con pesar en su voz.

—¿Qué tan complicado puede llegar a ser? —preguntó su mamá, esperando una respuesta honesta.

—No lo creerías si te lo cuento. Además, es solo mi mejor amigo —respondió Josué, tratando de minimizar la situación.

—Bueno, ignoro lo que sabes de él, pero en algo sí puedo estar muy segura. Como mujer, te diré «te lo dije» cuando pase: él te ve con otros ojos, al igual que tú a él —afirmó su madre con certeza.

—Lo sé, ¿se nota tanto? —murmuró Josué, con una mezcla de sorpresa y vulnerabilidad.

—Hijo, te conozco. A pesar de que no me hables, o que tampoco le cuentes a tu papá los errores que has cometido al enamorarte de una persona que no haya dado lo que esperabas, no implica que no sepamos cuándo te rompen el corazón —dijo su mamá, con una voz suave pero firme.

—Mamá, hay cosas que nunca me gustaría recordar y (que sepas eso) me duele; duele saber que me has visto estar en el suelo e intentar salir poco a poco de ese agujero en el cual me arrojan. Inseguridad, depresión, se me hace un tormento pensar qué podría pasar; pero sí, es verdad, él me gusta —confesó Josué, dejando al descubierto sus emociones más profundas ante su madre.

—No llores. Somos personas, somos seres humanos; nos enamoramos, erramos, perdemos, ganamos, luchamos, caemos, pero ¿sabes? Siempre siempre debes preguntarte: «¿Qué tengo que perder?». Y ahí entenderás que aún hay muchas cosas por las cuales debemos ser persistentes —lo consoló, tratando de transmitirle fuerza en sus palabras—. Eres un chico precioso, Josué, y no lo digo porque seas mi hijo. He visto cómo tratas a la gente, cómo tratas a esas personas a las cuales les has entregado todo sin pedir nada a cambio —continuó, expresando su admiración por él.

—Madre —murmuró Josué, sintiéndose abrumado por sus palabras.

—Hijo, duele verte dar todo de ti y que solo recibes migajas; a pesar de que no tengas nada para ofrecer, tratas de hacer lo mejor posible para hacer feliz a esa persona —confesó ella, compartiendo su dolor por ver su sufrimiento.

—No sigas —pidió Josué, sintiendo un nudo en la garganta.

—Hijo, ¡TE AMO! Y me duele callarme. Tener temor a hablar de tus sentimientos me enfurece, porque no sé lo que has pasado. Solo me hago la idea. Josué, siempre escuché tus llantos en las noches, siempre te escuché golpeando la almohada y diciendo:

«¿Por qué me pasan esas cosas?». Sé lo mucho que has llorado; pero este chico es diferente —confesó, dejando al descubierto su amor y su preocupación por él.

—Lo es —admitió Josué, sintiendo una mezcla de gratitud y tristeza.

—Josué, te apoyaré; los he visto juntos y, por eso, hablé con tu padre y decidimos aventurarnos en un nuevo mundo, donde queremos verte feliz. Queremos verte sonreír, ser parte de lo que tanto has anhelado en tu corta edad —prometió su mamá con cariño.

—No llores, mamá. Si tú lloras, me pondré peor —dijo Josué, tratando de contener sus propias lágrimas.

—Pero es la verdad, eres mi hijo y espero verte feliz; espero verte crear tu familia, sea como sea. No me importa. Quiero ver a mi hijo crecer, cambiar, mejorar para bien, ver cada paso que dé en su vida. Que esa persona que esté a tu lado sea parte de nuestra familia también —concluyó Gloria con amor.

—Pero —dijo Josué, preocupado, mirando a su papá a lo lejos hablando con Michael— ¿qué pasará con papá? ¿Qué opinará él?

—Él aceptó a Michael y, realmente, se lleva bien con el muchacho; aprovecha esta oportunidad, te apoyaremos y estaremos ahí. No importa si no sucede, estaremos contigo —aseguró Gloria, tratando de infundir confianza.

—Mamá, necesito llorar; ¡siempre he necesitado tanto esto! Tanto anhelaba esto y la aceptación de papá que uno de mis mayores temores era perderlos; pero ahora sé que sí están conmigo en las malas y en las buenas —confesó Josué entre sollozos, dejando salir la emoción acumulada durante tanto tiempo.

—Te amamos, no lo olvides —le recordó con ternura—. Sécate las lágrimas, no quieres que tu amigo vea eso —aconsejó, ofreciéndole un pañuelo para secarse.

—Ya se me pasará, mamá. Además, él me ha ayudado mucho e igual me ha visto en otras peores —respondió Josué, tratando de calmarla.

—Luego hablaremos de eso; vamos a comer. Si no, esos hombres se comerán todo lo que he preparado para la cena —propuso ella, aunque solo era para cambiar el ambiente.

—Gracias, gracias, mamá —expresó Josué, reconociendo el amor y el apoyo incondicional que ella le demostraba.

—Para eso están los padres, hijo —concluyó ella con una sonrisa reconfortante.

Durante el recorrido hasta la casa, madre e hijo caminaban juntos bajo un ocaso hermoso, que parecía reflejar el dolor y la transformación que atravesaba Josué, así como su apoyo inquebrantable. Aunque muchas emociones se liberaron en ese momento, aún quedaban preguntas por hacer y sentimientos por expresar. Sin embargo, sabía que todavía no era el momento adecuado para ello.

Mientras avanzaban, algunas lágrimas se asomaban tímidamente en sus ojos; a pesar de ello, al llegar, lo primero que hizo Josué fue abrazar a su papá. Michael también se encontraba allí. No fue un abrazo vacío, de esos que das por inercia. Fue uno cargado de emociones genuinas, de gratitud y amor filial.

—Papá, te amo —expresó Josué con sinceridad.

—¿Hijo? —respondió su papá, sorprendido por la muestra de afecto repentino.

—Gracias —añadió Josué, sin poder contener la emoción.

—Vieja, ¿qué le sucede? —preguntó Mario a su esposa.

—Déjalo. Nuestro hijo nos ama, como lo amamos a él —respondió ella con cariño.

—Muchacho, eres mi hijo, a pesar de lo que hemos pasado como familia y lo que has pasado en tu vida. Siempre hemos estado detrás de las paredes con miedo a que te lastimes; disculpa, Michael, pero ¿puedes salir para que nosotros hablemos un momento entre la familia? —dijo él.

Al salir del lugar, Michael se encaminó hacia el techo y se liberó de su forma humana, dejando que su ser angelical se desplegara en todo su esplendor ante el cielo. Inhaló profundamente el aire cálido y tranquilo, sintiendo una sensación de libertad y paz que lo envolvía por completo.

Era un aire familiar, reconfortante, que evocaba el calor del hogar y la unión familiar. Al extender sus alas y dejar que el viento las acariciara, experimentó un éxtasis que nunca había sentido en el palacio celestial. Mientras disfrutaba de ese momento de calma y serenidad, en otra parte del lugar, Josué se abrió por primera vez con su padre, expresando las emociones y los temores internos que tanto lo habían atormentado.

Josué se sintió nervioso, pero sabía que era el momento de sincerarse. La brisa marina acariciaba sus mejillas mientras buscaba las palabras adecuadas para expresar sus sentimientos más profundos.

—Papá, a pesar de todas nuestras dificultades, quiero que sepas que te amo profundamente —dijo Josué, su voz temblorosa por la emoción contenida—. Hemos atravesado momentos difíciles como familia, pero nuestra unión ha sido nuestra mayor fortaleza. Te amo más de lo que las palabras pueden expresar.

El señor Mario, con los ojos llenos de orgullo y ternura, sostuvo la mirada de su hijo.

—Admiro tu valentía, Josué. Siempre has sido una luz en nuestra familia, incluso en los momentos más oscuros. Siempre estaré aquí para ti, en cada paso del camino.

Josué asintió, sintiendo cada palabra que salía de la boca de su padre en su corazón.

—Prometo ser honesto contigo, papá. A pesar de las dificultades, siempre lucharé por lo que es correcto.

Gloria, con una sonrisa traviesa, interrumpió el momento emotivo.

—¡Oh, no se pongan sentimentales ahora! ¡Los hombres no lloran!

Josué sonrió ante la intervención, agradecido por su sentido del humor en un momento tan emotivo.

—Mamá, siempre logras sacarnos una sonrisa, incluso en los momentos más serios.

Con una mano en el hombro de su hijo, Mario lo miró con amor y orgullo.

—Ve a buscar a Michael, hijo. Estoy seguro de que tiene una sorpresa para ti.

Josué asintió y se alejó, sintiendo una conexión y un apoyo en su familia. Con el sol poniente, salió a buscar a Michael.

Al no encontrar rastro de su amigo a simple vista, Josué se detuvo y cerró los ojos por un momento, tratando de recordar dónde podía estar en situaciones similares. Entonces, como una revelación, levantó la vista y vio una figura impresionante: un chico de espaldas, con majestuosas alas blancas extendidas sobre el techo de la casa. Josué se quedó maravillado por la imagen, observando cómo las alas se mecían suavemente con la brisa del mar. Era un espectáculo impresionante, una visión que capturaba la esencia de la libertad y la paz.

Con paso firme, Josué se acercó al lugar donde Michael estaba posado, su corazón latiendo con emoción ante la perspectiva de lo que podría ser la sorpresa que su amigo tenía preparada para él.

La tarde caía suavemente sobre el jardín, tiñendo el paisaje de tonos dorados y rosados, mientras Josué y Michael compartían un momento de amistad bajo la luz del atardecer. El suave murmullo del viento mecía las hojas de los árboles, mientras las alas blancas de Michael se mecían con gracia en el aire.

Con un gesto involuntario, Josué se vio envuelto en un abrazo de plumas. Aunque el gesto era tierno, la opresión lo asaltó de inmediato. Sin embargo, no quería herir los sentimientos de su amigo, por lo que buscó las palabras adecuadas para expresar su incomodidad.

—Michael, ¿puedes… —dejó un silencio para decirle con las palabras correctas—: soltarme un momento? —murmuró Josué, luchando contra la falta de aire causada por el abrazo de las alas.

El ángel asintió comprensivamente y lo liberó de su abrazo celestial. Aunque su expresión seguía siendo serena, Josué notó un destello de curiosidad en sus ojos.

—Me encanta cuando haces esa —mirando cómo brillaba— transformación —continuó Josué, buscando las palabras adecuadas para describir la magia que presenciaba—. Es como si estuvieras bañado en luz, ¡y tu cabello —agarrándole la cabeza— es tan único!

Michael sonrió, aceptando el cumplido con humildad. Para él, aquella transformación era tan natural como el respirar, pero apreciaba las palabras de su amigo.

Mientras el sol se ocultaba lentamente en el horizonte, la conversación entre los dos amigos continuaba, impregnada de asombro y admiración por el mundo sobrenatural que habitaba Michael.

Antes de dirigirse dentro de la casa para la cena, Josué compartió una idea que había estado bullendo en su mente. Sus ojos brillaban con emoción mientras explicaba su plan a Michael, cuya expresión se iluminó con anticipación ante la perspectiva de nuevas aventuras; pero fueron interrumpidos por su mamá a lo lejos.

—¿Ustedes qué están haciendo? —preguntó con una sonrisa indulgente, viendo cómo Michael cargaba a Josué sobre sus hombros, caminando a trompicones para intentar ingresar a la casa.

—Divirtiéndonos —respondió Josué, mientras esquivaba hábilmente una puerta entreabierta.

—Cuidado, ¡te golpeas con la puerta! —exclamó Michael, intentando frenar con fuerza.

—¡Detente, Michael, detente! —rio Josué entre gritos, mientras Michael se detenía a paso lento—. ¡Nos vamos a estrellar!

—Espera, te bajaré de mis hombros —ofreció Michael, preocupado por la seguridad de su amigo.

Gloria sacudió la cabeza con una sonrisa, sabiendo que la combinación de estos dos jóvenes ahora siempre prometería momentos llenos de aventuras y travesuras.

—Ustedes no son nada normales juntos; un día de estos, se lastimarán por estar haciendo cosas así —comentó con tono juguetón.

—Pero, señora, solo tratábamos de alegrar la noche —respondió Josué con una sonrisa traviesa.

—Bueno, compórtense y vayan a lavarse para comer —ordenó Gloria, aunque no pudo contener una risa ante la escena.

—Está bien, lo haremos —prometió Josué—. Quien llegue primero le pone un reto al otro —propuso, desafiando a su amigo.

—Trato —aceptó Michael, con una chispa de competencia en sus ojos.

—No me alcanzarás —bromeó Josué, antes de salir corriendo por el pasillo.

—No corran en la escalera —advirtió ella, aunque sabía que su advertencia, probablemente, caería en oídos sordos mientras los dos amigos se perdían en su juego.

Mientras Josué y Michael se precipitaban hacia el baño. Sus pasos creaban una melodía de alegría y energía desbordante. Con una sincronización casi perfecta, ambos llegaron a la puerta del baño al mismo tiempo, cada uno empujando hacia adentro. Pero el espacio era demasiado estrecho para los dos y terminaron chocando directamente uno contra el otro, quedando atascados en la entrada.

—¡Ouch! ¡Eso dolió! —exclamó Josué, mientras se agarraba la nariz con una mano y reía al mismo tiempo.

—Lo siento, no pensé que llegaríamos al mismo tiempo —se disculpó Michael con una sonrisa torpe.

Ambos intentaron retroceder, pero sus cuerpos estaban tan entrelazados que era difícil separarse. Se miraron el uno al otro, con una mezcla de diversión y sorpresa en sus rostros, mientras se esforzaban por encontrar una manera de liberarse de su situación comprometedora.

—Si me dejas entrar primero, te daré un trozo de pastel más tarde —ofreció Josué, tratando de tentar a su amigo.

—No caeré en tus tentaciones —respondió Michael con una risa, consciente de su amor por el pastel.

—Pero te encanta demasiado. ¡Además, es tu favorito! —insistió Josué, tratando de persuadirlo.

—Es de chocolate con licor —añadió, esperando captar la atención de Michael.

—Puede que te deje entrar de primero, pero no lo haré —respondió Michael, comprometido con el desafío.

Con un movimiento repentino, Josué intentó adelantarse, empujándolo ligeramente.

—Espera, ¿qué estás haciendo? —exclamó Michael, sorprendido por el intento de su amigo de ganar ventaja.

—Tratando de pasar antes que tú —respondió Josué con una sonrisa traviesa.

—¡Me estás empujando! —protestó Michael, mientras intentaba mantener el equilibrio.

Josué se adelantó, ganando la competencia.

—¡Gané! —anunció triunfante, pero pronto se dio cuenta de que su amigo había caído al suelo.

—Me acabas de lanzar contra el piso —señaló Michael, un tanto dolorido, pero aún sonriendo.

—Discúlpame, era necesario ganar esto —explicó Josué, extendiéndole una mano para ayudarlo a levantarse.

—¿Por qué? —preguntó Michael, confundido por la intensidad de la competencia.

—Para poder hacerte una pregunta que necesito. Debe ser una respuesta coherente sobre ti —respondió Josué misteriosamente.

—¿A qué te refieres con eso? —preguntó Michael, intrigado por las palabras de su amigo.

—Mañana lo sabrás —concluyó Josué, dejando a Michael con más preguntas que respuestas.

Mientras los dos amigos se lavaban las manos y la cara, el juego se apoderó del pequeño cuarto de baño. Las risas resonaban mientras arrojaban agua de un lado a otro, creando un caos divertido y alegre. Sorprendentemente, la mamá de Josué los observaba con una sonrisa, esperando paciente a que terminaran su travesura.

—Espero que esté reluciente cuando salgan —les dijo con una mezcla de diversión y autoridad.

Josué y Michael se tomaron las palabras de Gloria como un desafío y aprovecharon el desorden para seguir divirtiéndose. Con esponjas y trapos en mano, limpiaron cada rincón del baño, convirtiendo el caos en orden y dejándolo reluciente.

A la hora de la cena, la atmósfera estaba impregnada de alegría y serenidad. Era la primera vez que la familia se reunía de esa manera desde el fallecimiento de la bisabuela, quien había sido su pilar durante años. A sus ciento catorce años, había sido el motivo de las reuniones familiares, pero, tras su partida, la unidad se vio comprometida. Sin embargo, esta noche, todos estaban juntos nuevamente, compartiendo risas y recuerdos, recordando la importancia de permanecer unidos, a pesar de los desafíos y las pérdidas.

—¡Tendrás un hermano! —anunciaron sus padres con una sonrisa radiante.

La incredulidad se reflejó en los ojos de Josué. ¿Un hermanito? ¿Cómo podría haber pasado por alto una noticia tan importante durante tanto tiempo? Sin embargo, el asombro pronto dio paso a la felicidad pura y sincera.

—¿Es una broma, verdad? —preguntó, buscando confirmación.

—No, hijo, es verdad —respondió su mamá con ternura, explicando que habían decidido no decirle nada antes para evitar molestarlo.

Pero Josué no podía estar más feliz. Imaginar un nuevo miembro en la familia, un compañero de juegos y risas, lo llenaba de alegría.

—¡No seré el único en la casa! —exclamó, con los ojos brillantes de emoción.

Mario intentó calmarlo, pero fue inútil. La noticia era demasiado emocionante para mantener la calma.

—¿Estás feliz? —preguntó su mamá, buscando su aprobación.

—¡Claro que sí! —respondió Josué, con una sonrisa que iluminaba su rostro—. ¡Tendré un hermanito!

Pero fue Michael quien, con sus palabras llenas de sabiduría, agregó un toque de magia a la ocasión. Habló del milagro de la vida, de cómo un nuevo ser traía consigo una nueva razón para estar unidos y felices como familia.

Después de la cena llena de alegría y emociones compartidas, el padre de Josué había tenido la iniciativa de alquilar un lugar para pasar la noche. La noticia del nuevo bebé en camino había llenado a todos con un aura de felicidad y expectación, y la idea de pasar la noche juntos, como familia unida, parecía la manera perfecta de culminar ese día tan especial.

El lugar que habían alquilado era acogedor y cálido, con una vista espectacular hacia la playa iluminada por la luz de la luna. Era un refugio tranquilo, alejado del bullicio de la ciudad y perfecto para compartir momentos de intimidad familiar.

—Tú muy bien sabes que mis noches son agobiantes y sin prejuicios, donde más libre estoy de poder decir lo que tanto he callado —dijo Josué entre murmullos, al ver a Michael acercarse a él.

—¿Qué haces despierto?

—¿No estabas dormido? No te preocupes. Aún no tengo sueño —respondió Josué.

Pero necesitaba respuestas y entender lo que el futuro le deparaba.

—Dime —insistió, acercándose a Josué.

El ángel lo invitó a recostarse en sus piernas luego de sentarse.

—Está bien. Ahora que estás aquí, dímelo —dijo Josué, buscando la ayuda que solo Michael podía ofrecerle.

Michael asintió, mientras que una suave brisa jugueteaba con sus cabellos plateados mientras lo observaba con una mezcla de comprensión y ternura.

—¿Puedo saber un poco más de ti? —preguntó Josué después de un momento de silencio. El ángel sonrió ligeramente, sus ojos reflejando sabiduría—. A pesar del tiempo que hemos pasado conociéndonos, sabes cosas sobre mí antes de llegar hasta este punto —comenzó Josué con una voz suave—. Es gracioso; eres mi ángel de la guarda y te aprecio lo suficiente como para seguir contándote mi vida, a pesar de que ya la hayas visto. —Sonrió tontamente.

Michael sonrió y respondió:

—Sé tu historia, pero nunca hemos tocado el tema de… —Dejó una palabra sin pronunciar. —¿Te refieres al amor? —completó Josué, su mirada penetrante encontrando la de Michael en la oscuridad de la noche. Respiró profundamente antes de responder, sintiendo la presión de abrir su corazón a su amigo celestial—. Si hablamos de amor incondicional, señalo el de mis padres; pero estás aquí y me has demostrado también ese amor incondicional de un amigo, al igual que Dios. —Desvió la mirada hacia otro lado mientras reflexionaba sobre la pregunta de Michael. El ángel le sostuvo suavemente el rostro, buscando sus ojos con seriedad.

—Pero háblame de ese amor que has sentido hacia otra alma —instó Michael, deseaba comprender más profundamente el corazón de su amigo. Josué se sintió un poco avergonzado, pero decidió abrirse.

—Me da un poco de vergüenza decirlo, pero trataré de hacerlo. Desde pequeño, siempre, a pesar de todo, era un niño —entrecortando palabras—. Posiblemente, no podría decir que me gustara o no. Como tú mismo dices, solo vemos almas —comenzó con una voz temblorosa por la emoción—. Desde pequeño, nunca diferencié el hecho de querer a alguien de otra manera. A pesar del hecho, me gustaba alguien —admitió Josué, sintiendo el rubor en sus mejillas mientras compartía su verdad con Michael.

—¿Esa persona era hombre o mujer? —preguntó Michael con curiosidad, queriendo entender mejor la experiencia amorosa de Josué.

—El tema… —Se dejó ir, viendo imágenes de su pasado para continuar—. De pequeño me llamaron la atención las niñas, tenía entre cinco y diez años. Posiblemente, me pudieron haber gustado bastantes niñas, pero todo cambió al enamorarme de una chica a mis diez años. Ella era un año mayor que yo. Si no recuerdo mal, yo la quería; a pesar de que jugó conmigo. Tanto que llegué al punto de estar ahí solo por no sentirme nada —dijo Josué con la mirada perdida en sus pensamientos, mientras contaba su historia.

—¿Sentirte nada? —preguntó Michael, confundido.

Josué se levantó rápidamente para mirarlo después de relatar su experiencia.

—Me había enamorado; ella me usó, se burló de mí, me buscó y humilló —continuó—. Siempre fui ese chico que regalaba cosas lindas a una persona que le gustaba, traté de ser caballeroso y detallista. Sin importar nada a cambio, siempre fue incómodo hablar de eso. ¿Qué éramos? —Pensó en lo tonto que fue—. Ella nunca respondió.

Michael miró a Josué con curiosidad y empatía.

—¿Qué pasó con ella?

Josué suspiró, recordando aquellos días con una mezcla de tristeza y alivio.

—Actualmente, tiene una hija, pero —recordó haberla visto en redes sociales— de su vida no volví a saber luego de salir de la escuela.

Michael asintió, comprendiendo la complejidad de los sentimientos de Josué. Luego, con una expresión seria pero amable, le hizo la pregunta que le rondaba en la mente:

—Ahora, lo más crucial, ¿por qué te atraen los chicos?

Josué se quedó en silencio, recogiendo sus pensamientos antes de responder. Tomó aire, sintiendo la intensidad del momento.

—Abarcando mi niñez, un chico de mi salón siempre me había llamado la atención. Pero —recordaba difícilmente a ese chico—, en ocasiones, siempre hubo esa curiosidad de saber qué podría ser.

Michael lo escuchaba atentamente, sin interrumpir.

—Me refiero a que siempre estuve rodeado de niñas, así que lo que conocía era cómo se sentía estar con ellas. Sin embargo, había algo diferente en la idea de estar con un chico, una especie de curiosidad, que creo que todos los seres humanos tienen. Buscamos lo que nos atrae, a veces sin entender completamente por qué.

Michael asintió despacio, entendiendo mejor los sentimientos de Josué.

—La curiosidad y la atracción pueden ser poderosas y es natural explorar esos sentimientos. —Dejó claro que Josué solo estaba siendo sincero.

—Sí —continuó Josué—, puede que la curiosidad del ser humano nos lleve a buscar algo que, inconscientemente, nos atrae. Y, a veces, esa atracción es hacia algo que no habíamos considerado antes.

—En la Tierra, eso es juzgado, ¿cierto? —preguntó Michael, confundido por las etiquetas humanas.

—¿El querer a alguien del mismo género? Sí —respondió Josué, lamentándose.

—¿No tienes miedo de ello? —Michael lo miró fijamente a los ojos.

—No lo tengo, no tuve por qué temer. Al principio, la idea fue ardua, como caminar sobre suelo hirviendo. Con el tiempo, me dije a mí mismo: «Eres quien eres y serás así aquí y allá». Tengo miedo a la sociedad y a ser señalado; pero aprendí que, mientras mis padres estén conmigo, todo estará bien —dijo Josué con seriedad.

—¿En el colegio es igual? Pero ¡eras el mejor!—preguntó Michael.

—Sé a lo que te refieres —respondió Josué, mirando el suelo—. No todo gira en torno a mí. A pesar de mis altas calificaciones, solo soy un cero a la izquierda, sin validez. Siempre ha sido así, el hazmerreír.

—Lo noté, ¿y tu corazón? —Michael levantó suavemente su cara con la mano, obligándolo a mirarlo.

—Siempre he sido el típico chico enamorado que termina siendo forzado a rechazar sus sentimientos por alguien. En lo que he conocido de relaciones personales, no me ha ido bien; suele ser lo mismo, la misma tragedia o la misma historia —dijo Josué, dejando caer una lágrima.

—¿La misma historia? —preguntó Michael con curiosidad, queriendo entender más.

—Sí, la misma historia que se repite y se repite. Sin importar que el otro personaje cambie, el final sigue siendo el mismo —respondió Josué, tocándole el rostro.

—Si quieres, no es necesario seguir hablando de esto —dijo Michael, entendiendo a dónde iba a parar todo esto. No deseaba que su amigo se sintiera peor.

—Discúlpame, he tenido que dejar a un lado muchas ilusiones solo por el hecho de que nadie toma mis sentimientos en serio —dijo Josué, volteándose para que no viera que las lágrimas ya caían sobre sus mejillas.

—No llores, todo mejorará —contestó Michael, tratando de que se diera vuelta.

—¿Todo mejorará? —Josué esbozó una sonrisa amarga—. Claro, todo está bien. Mi vida está bien, mi familia está bien, mis amigos están bien. Esas personas que me hicieron daño y jugaron con mis emociones están bien, están felices, están bien con sus familias, están felices con sus parejas. Ellos no tuvieron que enfrentarse a su familia para estar bien, ellos no tuvieron que decir con toda la pena del mundo: «Madre, este es mi novio». ¡Todo está bien, Michael! —alzó un poco el tono—. Todo siempre ha estado bien —ironizó frustrado.

—Discúlpame —dijo Michael, bajando el rostro por primera vez.

—Discúlpame tú a mí, no tienes la culpa de nada de lo que me haya sucedido anteriormente. Solo que recordar lo mal que me ha pagado el destino me hace querer dejar todo como está y seguir así —Josué trató de disculparse sinceramente.

—¿Qué sucedería si todo cambiara? —preguntó Michael, deseaba darle ánimos.

—Lo añoro, pero no sabría si creerlo —acotó Josué, un poco aturdido.

—¿Lo temes? —dijo Michael mientras levantaba la cara.

—Temo sentirme de nuevo de esa manera, pero no será mi opción.

—Ya has sufrido lo suficiente —le dijo Michael, mientras tomaba sus manos y las llevaba hacia su propio corazón.

—Lo bastante como para no volverlo a intentar —murmuró Josué.

—Pero, si esa nueva persona fuera completamente diferente del resto, ¿estarías dispuesto a creer? —preguntó Michael, tratando de hacerle entender lo que quería.

—Tendría que demostrarlo. —Josué lo miró a los ojos fijamente.

—Si lo llegase a ser, ¿qué pasaría? —preguntó Michael con una gran sonrisa ahora.

—Si esa persona lo fuera, francamente, ni la muerte misma podría detener el amor que podría sentir por ella. Me entregaría de nuevo a ciegas, amaría como si jamás me hubieran causado daño. Pero solo si así fuese.

—Es fuerte el daño —admitió Michael.

—Sí; Michael, vamos a descansar. Ya estoy soñoliento y mañana será un día largo —concluyó Josué la conversación—. Puedes quedarte en mi cama a dormir, si deseas —lo invitó antes de voltearse.

—Estaría perfecto para mí.

—Ven, abrázame —dijo Josué.

—Es justamente lo que siempre espero al estar a tu lado. ¿Te sientes protegido?

—Sí, es como si me desconectaras del mundo. Descansemos, ten dulces sueños —prosiguió Josué al pasar la cobija sobre los dos.

—Realmente, ya lo estoy teniendo —respondió Michael.

Alrededor de las tres de la madrugada, cada uno estaba sumido en los sueños más profundos. Michael, sintiendo una inquietud interna, decidió aprovechar la quietud de la noche para ir al palacio y conocer las buenas nuevas.

Se levantó con cuidado, asegurándose de no despertar a Josué, que dormía plácidamente a su lado. La habitación estaba en penumbra, iluminada solo por la suave luz de la luna que se filtraba por las cortinas. Michael, con movimientos ligeros y precisos, extendió sus alas y se dirigió silenciosamente hacia la ventana.

Con un último vistazo a Josué, quien respiraba profundo en su sueño, Michael susurró una bendición antes de emprender el vuelo. Sus alas brillaban tenuemente mientras surcaba el cielo nocturno, dejándose guiar por la energía celestial que lo llamaba. La serenidad de la noche contrastaba con la agitación de sus pensamientos, pero la determinación en su corazón lo impulsaba a continuar.

Al llegar al palacio, Michael sintió una paz reconfortante. La majestuosidad del lugar siempre lo había impresionado, y esta vez no era diferente. Se dirigió hacia el gran salón, donde sabía que encontraría las respuestas que buscaba. Las puertas se abrieron ante su presencia y una cálida luz lo envolvió.

—Michael, gracias a Dios que llegaste —dijo Samuel, con una mezcla de alivio y urgencia en su voz.

—¿Qué sucedió? —preguntó Michael, dejando caer algunas plumas mientras aterrizaba.

—El fin de los tiempos se acerca y tenemos que estar preparados para todo —respondió Samuel sin rodeos, su tono firme y directo.

—Zadaquiel, ¡cálmate! ¿Dónde está la máxima autoridad? —preguntó Michael, dirigiéndose a su compañero con una mirada de preocupación.

—Está reunido con Dios —contestó Samuel, con un leve gesto hacia las puertas del gran salón.

—Reúne a todos en el palacio central. Tomaré la palabra en la sala —dijo Zadaquiel a Michael con una decisión clara en sus ojos.

—Contamos contigo, Michael —anunciaron al unísono los otros ángeles, sus voces llenas de esperanza y confianza.

Así fue como Michael asumió el liderazgo en un momento de extrema necesidad para cada ángel de la guarda. Podría haber sido el primero en la historia en hacerlo y en desafiar la autoridad establecida en tiempos de crisis. Nunca nadie había intentado tomar el control de esta orden, que era una de las más importantes y con una responsabilidad fundamental para cada ángel.

Michael se dirigió a todos los presentes con una meta fija palpable en su voz y en su mirada.

—Somos y seremos los elegidos para dirigir un movimiento desde aquí —comenzó, enfatizando la importancia de su papel en un momento crucial. Reconoció la dificultad de su labor, el creciente desafío de proteger cada alma del mundo en medio de la creciente oscuridad.

Sin embargo, advirtió sobre una amenaza aún mayor: un ángel caído, uno de los suyos, que una vez estuvo entre ellos en esa misma sala.

—Perdimos a Gabriel entre las calamidades de la desesperación y el odio hacia los humanos —declaró Michael. La mención del nombre provocó un silencio pesado en la sala, llena de preocupación.

En ese momento, todos entendieron la gravedad de la situación y la urgencia de actuar con fuerza y unidad para enfrentar esta nueva amenaza.

—Michael, ¿qué deberíamos hacer? —preguntó Samuel.

—Lo mismo que siempre: salir y salvar almas de la desesperación. En estos tiempos, necesitamos luchar con más fe aún y fuerza para salir victoriosos —dijo Michael a su compañero—. Zadaquiel, necesito el informe del mundo —dirigiéndose al menor.

—Es crucial destacar que hay almas que se están alejando de la luz por propia voluntad. He podido salvar a muy pocos; mi luz no es lo suficientemente fuerte para penetrar la densa niebla que las envuelve. Sin embargo, cuando esta se presenta, aunque no haya una gran fuerza maligna detrás, la silueta de un ángel caído se vislumbra en ella —dijo el ángel.

—Posiblemente, sea Gabriel —dedujo Rafael.

—¡Malevich! Baja del estrado en este mismo instante —exigió Cronos, aún ocultando su verdadera naturaleza como un dios pagano.

—¡Está bien, máxima autoridad! Pero, al bajar, todos queremos saber qué dijo Dios —aceptó Michael.

—¿Por qué habría de hacerle caso a un rango inferior? —se burló Cronos, presumiendo de su posición delante de todos para dejar en ridículo a Michael.

—Porque, si no lo haces, yo diré lo que sé de ti —refutó Michael, intentando desafiar a Cronos.

—Subiré —dijo Cronos, calmando la situación.

—Para tu información, el rango no te hace superior. Recuerda que eres solo una creación con una simple función —comentó Michael, caminando hacia su puesto.

—Seis arcángeles, miles de caídos; todos estamos esperando la venida de un sucesor. Gabriel nos ha promulgado una batalla que no acabará hasta que se le dé lo que tanto ha anhelado —anunció la máxima autoridad.

—¿Qué estará pasando? —inquirió Samuel, mirando a sus compañeros con intriga.

—Samuel, ¿por qué no le preguntas a Michael? —intervino la máxima autoridad, instando a una respuesta.

—¡No te preocupes, Samuel! Con gusto te lo explico —dijo Michael—. Gabriel busca destruir las almas en el planeta Tierra y traer desgracia a ese mundo.

—Ha sido una tragedia perderlo de nuestro bando; no solo porque está contaminado, sino también porque era uno de nosotros. ¡Y vaya que tenía poder en sus alas! —dijo la máxima autoridad, enfatizando sus palabras.

—¿Y qué hay con sus alas? —preguntó Uriel, mostrando interés en el asunto.

—Sí, sus alas son vitales para su existencia. Sin ellas, Gabriel no es más que una sombra de lo que fue —continuó la máxima autoridad.

—¡Ah, entiendo! Pero ¿qué las hace tan especiales? —cuestionó Michael, buscando entender mejor la situación.

—¡Ah, Michael! ¡Qué pregunta tan perspicaz! —exclamó Rafael, uniéndose a la conversación—. Las alas de Gabriel son como su firma celestial. Sin ellas, es como si perdiera parte de su esencia divina. Aunque en los textos hay partes que se han perdido con el tiempo. Michael lleva viviendo aquí más tiempo que algunos de los presentes y no sabemos con exactitud a qué se refiere, dado que Gabriel ha hecho muchos trabajos para nuestro Padre.

—¡Entiendo! ¡Qué complicado se está volviendo todo! —comentó Samuel, reflejando el sentir general del grupo.

—¡Exacto! Pero debemos permanecer firmes y buscar soluciones —declaró la máxima autoridad con un dictamen—. Nuestra misión es clara: proteger a las almas de la desgracia y luchar contra las fuerzas oscuras que intentan corromperlas. ¡No descansaremos hasta restaurar la paz!

—¡Por supuesto! ¡Contamos contigo, Michael! —agregó Uriel, mostrando confianza en su liderazgo.

—¡Así es! ¡Juntos podemos superar cualquier desafío que se nos presente! —exclamó Rafael, infundiendo ánimo en el grupo.

—Entonces, ¿qué esperamos? ¡Es hora de actuar y enfrentar esta amenaza con toda nuestra fuerza y nuestro propósito! —proclamó la máxima autoridad, dando inicio a la acción.

Los arcángeles se alineaban frente a esta. Michael, Samuel, Rafael, Uriel, Jofiel y Zadaquiel se preparaban para recibir una bendición especial: el fortalecimiento de sus armas divinas. Cada arcángel se acercaba al trono donde se hallaba la máxima autoridad, quien irradiaba un poder que llenaba la sala. Era como si el mismo aire se cargara de electricidad celestial ante su presencia.

—Deben dejar sus herramientas por hoy en la piscina sagrada —continuó la máxima autoridad—. Deben purificarse más y, mañana, recibirán sus armas mejoradas. El reloj del palacio les indicará cuándo deberán regresar.

Con una reverencia respetuosa, cada arcángel entregó sus armas al cuidado de la piscina sagrada, confiando en el proceso de purificación y fortalecimiento. Era un momento de preparación y renovación, en el que se fortalecerían para enfrentar los desafíos venideros.

—¿Es todo? —preguntó Michael, mirando a los arcángeles con seriedad.

—Por ahora, es todo —respondió la máxima autoridad, resuelta, mientras la sala se sumía en un silencio reverencial, cargado de la promesa de un futuro aún incierto ante los arcángeles.

CAPÍTULO V
PERSEGUIDOS

—Quiero atravesar tu garganta con esta flecha, pero no lo puedo hacer aquí —dijo Michael a la máxima autoridad.

—Cálmate, Michael. Mañana sabrás a qué me refiero con todo lo que te he contado —respondió con burla, haciendo movimientos con sus manos.

—Bueno, mejor que sea así. Me despido, muchachos. Nos vemos —dijo Michael indignado, saliendo rápidamente del lugar.

A la mañana siguiente, salieron a conocer el lugar y dejaron a Michael solo. Luego de llegar a una hermosa casa de playa, frente al mar. Pasaron muchas horas antes de notar que nadie estaba en casa, solo él. Inclusive, solo dejaron una nota en la puerta del cuarto donde dormían Michael y Josué:

«Buenos días, Michael. Búscame en la playa. Mis padres salieron a comprar cosas para la comida que se hará por la tarde. Te tengo una sorpresa. Atentamente, Josué».

«¿Qué estará pensando para hacer esto, además de dejarme solo? Bueno, en realidad, me fui mucho tiempo y hablar conmigo a solas no me gusta, así que iré rápidamente», se dijo Michael para sus adentros.

Al caminar por la arena de la playa, sintió una gran armonía y deseaba con ansias estirar sus alas, pero era imposible. Había pocos turistas y resultaba muy peligroso mostrar su verdadero yo.

Al llegar a la orilla, vio un panorama totalmente diferente de lo que conocía en tan poco tiempo en la Tierra. Era completamente hermoso: las olas del mar, las personas divirtiéndose como si fuera un paraíso alegre. A pesar del mal en ese lugar, todo estaba bien. Al mirar a lo lejos, vio a un chico corriendo hacia él. Lo reconoció bien.

Al recibir a Michael, Josué le dio un gran abrazo. Lo primero que hizo el ángel fue tomarlo de la cintura, alzarlo y dejar que sus piernas se entrelazaran en sus cadera, en un gesto muy poco familiar para unos amigos. Josué, totalmente sorprendido, lo estrechó aún más fuerte. En ese instante, el tiempo se detuvo para ambos.

—Aún no entiendo por qué no habías aparecido en mi vida —dijo Josué, sonriendo.

—Parece como si te estuvieras declarando una verdad —le confesó Michael.

—Es la verdad. Ha pasado más de un año y aún estás aquí, ayudándome, protegiéndome, mostrando lo hermoso que puede ser el cielo, sin recordar lo triste que puede ser el pasado —dijo Josué, mirándolo directamente a los ojos.

—Te lo mereces. Ya ha sido suficiente. Realmente, es primordial tu bienestar, como tu ángel de la guarda.

Descendieron juntos hacia la playa, donde los niños corrían y reían, las olas danzaban y el sol abrazaba la arena con su cálido resplandor. Cada mirada entre ellos parecía encender un destello de emoción, como si el simple contacto visual bastara para iluminar el universo a su alrededor. Era asombroso cómo algo tan sublime podía surgir de los escombros de un pasado tumultuoso. En ese silencio compartido, entre el vaivén del mar y el susurro del viento, encontraron la felicidad que Michael tanto deseaba otorgar a Josué.

—La pregunta que quería hacer era esta... —El ángel no terminó la frase.

—¿Qué pasa por tu mente? —preguntó Josué, rompiendo el silencio que los envolvía.

Michael lo miró con una expresión de coraje.

—Josué, quiero aprender de ti. Quiero entender cómo eres tan alegre, tan lleno de bondad y claridad en tus deseos. Quiero aprender a sentir, a querer de la manera en que tú lo haces.

Josué lo miró con sorpresa, pero luego sonrió.

—¿Quieres ser como yo? —dijo con una risa—. Bien, entonces, comencemos por algo simple. Ven conmigo.

Ambos se pusieron de pie y se dirigieron hacia la playa, donde las olas rompían suavemente en la costa y el sol brillaba con intensidad. Josué señaló el horizonte, donde el cielo se encontraba con el mar en un abrazo dorado.

—Ser humano es un asco —murmuró Josué, con la mirada perdida en las olas. Michael lo miró con incomprensión.

—No lo creo. He conocido a alguien que me ha demostrado lo contrario. Hay almas como la tuya, puras y llenas de bondad; solo necesitan ser cuidadas —dijo, tratando de infundirle ánimo.

—Pero sabes muy bien lo mal que ha estado mi alma, lo rota que ha estado, lo sucia que se sintió en un momento —admitió Josué con pesar, desviando la mirada hacia el mar—. Aun así, ¿quieres que te enseñe a tener emociones?

Michael se levantó.

—Como dijo Gabriel, «emociones prefabricadas». Pero sí, deseo tenerlas para poder entenderte mejor.

—¿Quién es Gabriel? —preguntó Josué.

—Gabriel era uno de los siete ángeles encargados de cuidar y guardar las almas de la Tierra de todo mal y peligro, pero... —Michael se detuvo al recordar que, hacía poco, lo había desterrado al Infierno al cortarle sus alas.

—¿Qué sucedió con él? —preguntó Josué, levantándose.

—Cayó en la desesperación, su ser se volvió oscuro. No tuve más opción. —Dejó una pausa para respirar profundo—. Tuve que expulsarlo y arrancarle las alas. —Pateó la arena con frustración.

Josué le tocó un hombro con preocupación.

—¿Es posible que un ángel «caiga»?

—La expresión se refiere a un ángel que, en algún momento, desobedeció a Dios y fue expulsado del Cielo. Según esta traición, se convierten en ángeles «caídos» —explicó Michael, mirando el suelo con pesar.

—Pero ¿tuviste que arrancarle las alas? —preguntó Josué, buscando su mirada.

—Sí, es nuestra ley y nuestras reglas, el castigo por quitarle la vida a un humano —respondió Michael, mirándolo a los ojos y tratando de no pensar en la difícil decisión que había tenido que tomar.

—¿Se lo merecía? —indagó Josué, intentando comprender la situación.

—Según su lógica, sí. Según la mía, no —admitió Michael, sacudiendo la cabeza con resignación—. Ningún humano puede ser asesinado por nuestras manos. No tenemos ese poder para arrebatar un alma de un cuerpo. Somos ángeles de la guarda; él violó esa ley desde el momento en que levantó su arma contra una vida —añadió, con un deje de tristeza en su voz.

—Entiendo, y ¿qué pasó con él? —preguntó Josué, tratando de calmar los sentimientos que Michael intentaba explicar.

—Está en el Infierno —dijo Michael, inclinándose para recoger arena en su palma.

—Con Lucifer, supongo. —Josué lo miró desde arriba mientras Michael jugaba con ella.

—Sí, exactamente. Lucifer lo reclamó como suyo y lo llevó al mismísimo Infierno —explicó Michael, lanzando la arena al mar.

—¿Crees que todo lo que nos ha pasado en tan poco tiempo nos ha unido más como amigos? A pesar de ser un ángel; y yo, un mortal —preguntó Josué, intentando cambiar de tema.

—Para ti, el tiempo ha sido corto, pero me conoces —murmuró Michael, mirando las olas.

—¿Qué intentas decirme? —preguntó Josué, y se acercó más a su ángel.

—¿Recuerdas tus sueños de cuando eras niño? —Michael lo miró fijamente.

—¿Cuáles? ¡Hay tantos! —respondió Josué, tratando de recordar.

—Aquellos —dejando una pausa para continuar— de cuando eras niño —repitió Michael, con una mirada significativa—. Josué, aunque no te lo haya contado directamente, como tu ángel de la guarda, he estado al tanto de muchos detalles de tu vida, incluidos esos sueños que mencionas. Desde que eras un niño, solías tenerlos, donde creabas a una persona, un niño como tú, que crecía contigo. Pero llegó un momento en que esos sueños cesaron, ¿verdad? —explicó Michael mientras se sentaba a su lado, dejando que las olas acariciaran sus pies.

—Sí, siempre sentía una tranquilidad inmensa cuando tenía esos sueños, una sensación que se asemeja mucho a la que me brindas tú ahora —respondió Josué con melancolía.

—¿Esa figura que creabas en tus sueños no te proporcionaba fortaleza y confianza durante esos momentos? —preguntó Michael, buscando confirmación en los ojos de su amigo.

—Sí —susurró Josué, una lágrima escapando de sus ojos mientras revivía esos recuerdos.

—Te lo diré: yo soy ese niño —confesó Michael, haciendo que Josué lo mirara con sorpresa.

—Espera, ¿qué? —exclamó Josué, con los ojos muy abiertos.

—Sí, siempre te he cuidado —afirmó Michael, con la mirada fija en el horizonte del mar.

—¿Cómo es posible que hayas sido tú todo este tiempo? Tú sabes todo de mí, ¿por qué no me lo dijiste antes? —preguntó Josué, empujando suavemente a su amigo para que lo mirara.

—Eras solo un niño, todavía estabas explorando el mundo y aprendiendo sobre él. No era el momento adecuado para revelarte la verdad, pero, después de todos estos años, aquí estoy. —Michael volvió su rostro hacia él.

—Eres real —murmuró Josué, tomándole una mano.

—Sí, aquí estoy, en carne y hueso, lleno de energía —respondió Michael, encogiéndose de hombros.

—Michael, dime, ¿por qué estás aquí? —preguntó Josué, con una expresión más seria.

—No sé el porqué, pero podría ser por tu bisabuela. Siempre fue devota a los coros celestiales; fue y sigue siendo una de nuestras mejores amigas, tanto aquí como en el más allá. Ella te ama profundamente e, incluso desde su trascendencia, siempre está a tu lado. Si estoy aquí, es por ella. —Michael reveló uno de los mayores misterios en la vida de Josué.

—¿Mi bisabuela hizo algo para lograr que un ángel me cuidara? —preguntó Josué, recostándose hacia atrás para apoyar su cuerpo sobre un brazo en la arena.

—Ella era parte de un grupo de jóvenes ángeles que fueron enviados a la Tierra en diferentes momentos, para observar cómo se desenvolvían los humanos en este mundo; una tarea que continuamos realizando hasta hoy —explicó Michael, desenterrando el pasado de los ángeles.

—¿Ella fue un ángel? —preguntó Josué con más energía, su voz elevándose a varios niveles.

—Ella es un ángel —dijo Michael en voz baja, indicándole que bajara su tono.

—¡¿Lo es?! —preguntó Josué un poco incrédulo, pero con energía.

—Ella es uno de nuestros mejores ángeles. El único problema es que no tiene el derecho de regresar a la Tierra, ya que su estadía aquí ya sucedió. Ella te extraña —añadió Michael a la conversación.

—Mi bisabuela —dijo Josué, su voz entrecortada por las emociones guardadas.

—Josué, no llores. A ella nunca le gustó verte llorar por su muerte. Le entristece aún más no poder consolarte ni sacarte una sonrisa. Por eso, cuando regresó al palacio, me hizo prometer que cuidaría de ti. Y, si te digo la verdad, eso me hace ser parte de ti; siento lo que tú puedes llegar a sentir o pensar —dijo Michael con una gran sonrisa.

—Gracias. —Josué dejó caer sus últimas lágrimas.

—¿Por qué me estás dando las gracias? —preguntó Michael, aún sin entender cómo podrían cambiar las emociones de su amigo.

—Por estar aquí. Es gracioso pensar que todo esto es gracias a ella. Siempre me amó, siempre me lo dijo, me lo repetía. Y lo más bello de todo esto es que me contaba cómo eran ustedes, los ángeles. Siempre lo creí desde niño; pero, debido a todo lo que ha pasado, dejé que mi corazón se opacara con tanta oscuridad —dijo Josué entre sonrisas y lágrimas.

—¿Sabes? Eres tal como tu bisabuela te describía. Es impresionante ver cómo, en tan poco tiempo, ya vas a tener diecinueve años. Además de eso. —Hizo una pausa, buscando en sus pensamientos cómo cambiar de tema—. ¿Cuándo cumples años? —preguntó Michael, tratando de animarlo.

—Estamos ya casi próximos a las Navidades. Imagínate, aún faltan noviembre, diciembre, enero, febrero, marzo y abril. —Josué contó los meses con sus dedos.

—¿Qué día de abril? —preguntó Michael, aún sin comprender del todo los meses terrestres.

—Justamente, el veintiuno.

—Exacto —dijo Michael, todavía un poco confundido.

—Idiota, parece que piensas que es pronto. Pero no, no es así. Falta bastante para esa fecha —dijo Josué, observando a Michael con detenimiento, consciente de que no estaba familiarizado con los meses de la Tierra.

—Aunque no lo creas, puede estar más cerca de lo que imaginas. —Michael miró el cielo.

—¿Por qué a veces dices cosas tan obvias pero reconfortantes al repetirlas? Realmente, eso me calma —dijo Josué, siguiendo su mirada.

—Me gusta poder hacer eso por ti —murmuró Michael.

Después de esa pregunta, un gran silencio los envolvió, mientras varias olas llegaban hasta sus pies y los rodeaban. La brisa marina jugueteaba con sus cabellos, creando una atmósfera de tranquilidad y complicidad entre ellos. Se miraron por un momento, como si pudieran leerse el uno al otro sin necesidad de palabras, compartiendo un entendimiento profundo que trascendía lo verbal.

En ese momento, algo peculiar sucedió. Una sensación inexplicable los invadió, como si hubiera una fuerza invisible que los unía más allá de su comprensión. Un escalofrío recorrió sus espinas dorsales mientras una extraña pero reconfortante certeza se instalaba en sus corazones.

Mientras tanto, en otro lugar del universo, una nueva conversación comenzaba.

—Zadaquiel, cada uno de ustedes tiene la capacidad de vislumbrar esta parte del palacio. El trabajo de Michael es un poco más complicado; el chico está enamorado y pronto perderé el control sobre eso, desapareciendo de su existencia —dijo la máxima autoridad.

—¿A qué te refieres? —preguntó el ángel.

—Cada uno de ustedes conoce el camino futuro de las almas que han sido seleccionadas para cuidar y proteger. En este caso, si esa alma se enamora, perderá el don de sentirnos, o se creará una barrera entre ustedes y ella —explicó la máxima autoridad mientras paseaba por la sala.

—Es un poco desalentador, especialmente porque Michael está al tanto de esto. Aun así, está con él —comentó Zadaquiel, intentando comprender por qué la autoridad del palacio le revelaba estos secretos.

—Michael lo estima mucho. Han pasado suficiente tiempo juntos y creo que realmente han creado ese vínculo —intervino Samuel, agregando su perspectiva a la conversación.

—Desde el principio, Michael ha progresado como arcángel —añadió Zadaquiel.

—Es un poco confuso que digas eso, Samuel, ya que sueles oponerte a estas situaciones —observó Rafael, sintonizando con las voces que resonaban a través del palacio celestial.

—A veces, es bueno saber que alguien está feliz con su trabajo —agregó Uriel, apareciendo a través de un portal.

—En realidad, él está satisfecho con su labor —concluyó Zadaquiel, respaldando lo dicho.

Nuevamente en la Tierra, a pesar de que solo fue un breve intervalo, los dos se recostaron en la suave arena húmeda junto al mar. El sonido de las olas rompiendo en la orilla creaba una sinfonía reconfortante mientras el viento jugueteaba con sus cabellos. La brisa marina llevaba consigo una frescura que los envolvía, invitándolos a relajarse y disfrutar del momento.

Mientras el viento seguía su curso, sus manos exploraban la fina arena y, sin darse cuenta, se encontraron entrelazadas. El roce de sus dedos envió una corriente eléctrica de emoción a través de ellos, como si una conexión invisible se hubiera formado de repente. Sus miradas se cruzaron una vez más y, en ese momento, parecía que el mundo entero se había detenido para ellos.

Después de un momento de silencio cómplice, Josué, finalmente, rompió el hechizo.

—¿Sabes, Michael? —comenzó, su voz suave llevando un tono de reflexión—. Este lugar..., esta paz... —hizo pausas en cada palabra, disfrutando de su vista— son algo que nunca había experimentado.

Michael observó la reacción de Josué con diversión, disfrutando de cómo sus palabras lograban hacerlo sonrojar.

—Tal vez debería haber dicho: «Tu mano es muy suave» —bromeó, buscando aliviar la tensión que había creado.

Josué rio, aunque aún se sentía un poco avergonzado.

—Bueno, supongo que eso habría sonado un poco menos extraño —admitió, rascándose la nuca con nerviosismo—. Pero, en mi defensa, ¿quién espera que alguien diga algo así de repente?

Michael asintió, concediendo la victoria a Josué en su pequeño juego verbal.

—Tienes razón, fue un poco inesperado —admitió, aunque su sonrisa demostraba que estaba disfrutando cada momento de su interacción—. Pero ¿sabes? Tus manos son más acogedoras de lo que esperaba.

Josué se sintió halagado por el comentario, pero también un poco confundido.

—¿Acogedoras? ¿A qué te refieres? —preguntó, sin comprender del todo el elogio de Michael. Este se encogió de hombros, tratando de explicarse.

—Bueno, no sé. —Dejó una pausa para continuar—. Es como si supieras que nuestras manos están hechas para encajar juntas —intentó explicar, sintiendo que sus palabras no hacían justicia a lo que realmente quería decir.

Josué lo miró con curiosidad, notando que sus corazones latían un poco más rápido de lo normal.

—Es extraño, ¿verdad? Cómo algo tan simple como un gesto puede sentirse tan significativo —reflexionó, buscando las palabras adecuadas para expresar lo que estaba sintiendo.

Michael asintió, notando que entre ellos había una conexión especial que trascendía las palabras.

—Sí, es extraño, pero de una manera buena —aseguró, dejando que la brisa marina los envolviera. Mientras observaba la cara de Josué, se percató de que estaba rojo por hacerle una broma. Michael no pudo contener una risa—. Bueno, supongo que el sol no es el único que puede ponerse rojo aquí —bromeó, haciendo una mueca divertida mientras miraba la cara sonrojada de su amigo.

—Soy humano, es normal. Además, puede ser que no, mi piel nunca ha estado así. Muy pocas veces me he puesto de esta manera. Además, ¿tú por qué lo estás? —dijo Josué, notando el rubor en las mejillas de Michael.

—Nunca había sentido ese tipo de calidez en ningún ser de la Tierra —respondió Michael, tratando de calmar a su amigo, sin darse cuenta de que él también estaba sonrojado.

—¿Estás admitiendo que estás sonrojado? No es que me parezca raro, pero, en serio, lo estás —dijo Josué, un poco avergonzado por hacer que su ángel de la guarda se ruborizara por algo que él había comentado.

—Lo estoy. Me gusta sentirme así —confesó Michael, sintiendo cómo el calor subía por sus mejillas.

—¡Todo ha estado tan bien! Todo tiene sentido ahora. A veces ni tenía días buenos, solo malos o peores. Pero, desde que llegaste, mi vida ha sido un poco más fácil. Incluso puedo decir que, desde que estás, todo está mucho mejor —expresó Josué con sinceridad, mientras sus ojos se llenaban.

—No llores. —Michael lo miró fijamente.

—No quiero que te vayas de mi lado, por favor, te lo pido —murmuró Josué.

—Oye, mira todo el tiempo que ha pasado y, aun así, estoy aquí. ¿Qué te hace pensar que me iré de tu lado, sabiendo que puedo ser uno de los bloques fuertes de tu vida? —dijo Michael, tratando de alegrar la situación otra vez.

—El tiempo transcurre, como todo. Cuando estamos juntos, todo parece un poco más lento; incluso siento que puedo ver a través de tus ojos —mencionó Josué, mirando el mar.

—¿No te gustaría verte a través de mis ojos?

—¿Lo soportaría?

—Te reto —dijo Michael, empujándolo un poco con su cabeza y chocando contra la de Josué.

—¿Me estás retando? —Josué lo apartó un poco con una mano.

—Si crees estar seguro de soportarlo, me afirmará algo que he venido pensando desde hace tiempo —dijo Michael, mientras se tocaba el cabello.

—¿A qué te refieres? —inquirió Josué, un poco confundido.

—Solo apuesta y yo haré lo que sea que desees —remedió Michael, levantándose—. ¡Lo apuesto, pero no te diré qué será!

—Está bien, entonces es reto por apuesta —dijo Josué, aún sin saber qué había apostado.

—Oigan, parecen camarones ya rojos, uno rojo y otro casi morado por el intenso sol que está haciendo; están buscando una insolación. Vamos adentro, que ya la comida está lista. Michael, hay alguien que te está buscando. Dice que es un primo tuyo o algo así, aunque no me creí esa historia. Está en casa, esperando por ti —escucharon desde lejos una voz. La mamá de Josué apareció entre los bañistas.

—Alguien me está buscando —dijo Michael, mirando en todas direcciones.

—¿Tienes familia? —preguntó Josué, dejando escapar una sonrisa, un poco incrédulo por la información; aunque a Michael eso no le hacía ninguna gracia.

—¡Hijos, apúrense! —dijo Gloria desde lejos, haciéndoles señas para que se movieran rápido.

—¡Vamos detrás de ti, mamá! —respondió Josué, gritándole para que lo oyera.

Al llegar a la entrada de la casa de playa, un joven de unos veinticinco años estaba sentado en los escalones de la puerta. Llevaba pantalones cortos y una playera que decía «Ángel», lo cual resultaba un tanto peculiar. Su cabello rojizo contrastaba con el entorno, destacando aún más bajo el sol de la tarde.

El joven se levantó lentamente al verlos acercarse, sonriendo de manera relajada. Sus ojos brillaban con una mezcla de curiosidad y familiaridad.

—¡Ah, ahí están! —dijo, levantando una mano en un saludo amistoso—. Tardaron bastante, ya pensaba que el sol los había derretido.

Josué miró a Michael con una expresión de sorpresa y ligera desconfianza.

—¿Quién es él? ¿Acaso es el gran Josué? —susurró, inclinándose hacia este.

Michael frunció el ceño, tratando de recordar si había visto a ese joven antes.

—No estoy seguro, pero hay algo en él que se siente… —dejó una pausa para continuar—familiar. —Apretó suavemente un hombro de Josué.

—Bueno, los dejo solos para que hablen —dijo la mamá, entrando a la casa.

—Mamá, en un rato entro, acompañaré a Michael con su primo —dijo Josué.

—Está bien, no tarden para que la comida no se enfríe —contestó ella, cerrando la puerta detrás de ella.

Gabriel observó la escena con una leve sonrisa, su expresión suavizándose ligeramente. Josué se volvió hacia ambos, su curiosidad evidente.

—Así que ¿qué es lo que realmente te trae aquí? —preguntó Josué, intentando romper la tensión.

—¿Conque este es el joven que tanto proteges, Michael? De verdad, es como se ha dicho tanto en el Infierno. Me causa gracia saber que has purificado un alma como la de él, sabiendo el costo que te traerá eso —dijo Gabriel, sin siquiera responder a lo que Josué le había preguntado, dirigiéndose directamente a Michael y señalando a ambos.

—Mejor mantén el silencio, Gabriel. No busques que destruya tu forma real —avisó Michael, apartando un poco a Josué hacia atrás.

Gabriel soltó una risa amarga, cruzando los brazos sobre su pecho.

—Sabes que no puedes destruirme, Michael. No mientras Lucifer me proteja. Pero me pregunto qué harías si supieras que este lazo que has formado está en peligro. Baja esa lanza de mi cuello, señorito de años luz. Si estoy en lo correcto, chico, ¿eres tú el que ama a este ángel? —dijo Gabriel, tocando la punta de la lanza de Michael. Su arco tenía la capacidad de convertirse en una lanza cuando fuera necesario. Una de las cualidades del acero celestial era que un gran poder como el de un arcángel podría moldearlo rápidamente en otra cosa.

—Primero que todo, no te conozco, no sé qué eres, no sé quién eres. Además, no amo a Michael —dijo Josué, tratando de apartarse un poco más. Evidentemente, había olvidado que lo había llamado por su nombre debido a los nervios.

—Discúlpame entonces, me presentaré de una buena manera. —Gabriel bajó las manos, aunque su expresión mantenía un aire de burla.

Michael no descendió su arma.

—No tienes nada que hacer aquí, Gabriel. Vuelve al Infierno y deja en paz a Josué.

En el instante en que terminó de decir esa palabra, el tiempo pareció detenerse para ellos tres. El cielo se oscureció, teñido de un rojizo amenazante, y algunas partes del cuerpo de Gabriel comenzaron a resplandecer con una luz tenebrosa. Una niebla púrpura y roja lo envolvió, iluminando su alrededor con un brillo siniestro. Su forma no cambió demasiado, pero de su cabeza brotaron dos cuernos ligeramente curvos y cortos. De su espalda inferior emergió una larga cola y, de sus hombros, brotaron dos alas desgastadas, marcadas por cicatrices y roturas.

—¿Qué está pasando? —preguntó Josué, con la voz temblorosa y los ojos muy abiertos, mirando el cambio monstruoso de Gabriel.

Michael mantuvo su posición, apretando con más fuerza la lanza, sus alas desplegándose para proteger a Josué.

—Admito que estoy aterrado —dijo Josué, mirando a Michael con preocupación.

—Es Gabriel. No puedo dejar que te toque. —Lo empujó un poco más lejos para mantenerlo a salvo.

—¿Por qué no puede, Michael? —preguntó Josué, sin entender del todo lo que sucedía.

—No quiero perderte; ponte detrás de mí —dijo Michael, decidido a lidiar con Gabriel si este atacaba a Josué.

—No quiero ser un estorbo si tienes que pelear. Dame algo para poder ayudarte —dijo Josué, lleno de valentía.

Michael lo miró con una mezcla de orgullo y preocupación.

—Toma mi lanza. —Le pasó el arma.

Josué sintió el peso y el poder de la lanza celestial, una energía cálida y protectora fluyendo a través de él. Gabriel, observando la escena, levantó una ceja.

—Espera, es muy pesada —dijo Josué, sorprendido, lo que provocó una risa contagiosa en Gabriel.

—Debes aprender a manejarla, pero, por ahora, debes buscar cómo utilizarla una sola vez. Luego, con más tiempo, te enseñaré

—dijo Michael, empujando a Josué con sus alas para apartarlo del peligro.

—Michael, ¿qué temes? Aún no es el momento de nuestra pelea. Además, mi forma todavía no está perfecta y tengo muchos ángeles oscuros que destruir antes de poder superar tu fuerza. Ten más cuidado —dijo Gabriel, aún sonriendo.

—¿Por qué has venido? —preguntó Michael con furia.

—Vine a conocer a ese chico llamado Josué —respondió Gabriel, señalando a este, que estaba en el suelo, observando la escena.

—¿Por qué? —preguntó Michael, mientras se aseguraba de que Josué estuviera bien.

—Él es un pilar fundamental para abrir nuestras dimensiones y, en él, se oculta un poder cuyo verdadero uso ni ustedes ni nosotros conocemos. Pero, en el momento en que él muera o descubra cómo utilizarlo, implicará la destrucción de algún plano —explicó Gabriel con seguridad.

—¡Lárgate, Gabriel! —exclamó Michael con firmeza.

—No te preocupes, ya me marcharé. Pero antes toma a unos pequeños amigos para que jueguen. Josué, el precio de tu maravilloso ángel de la guarda al amarte es perder sus alas. Con esto me despido; disfruten de mis tormentos —dijo Gabriel, calmado.

—Espera, ¿qué son los tormentos? —preguntó Michael, lleno de dudas.

—Son tus recuerdos, Josué, y solo tú tendrás que hacer todo el trabajo. Esta vez, tu caballero no podrá ayudarte —dijo Gabriel, retirándose dentro de un fuego que brotaba desde sus pies. Desapareció ante ellos.

—Josué, ¡no caigas en la desesperación! Mantente cuerdo y consciente. ¡Oye mi voz, por favor! —gritó Michael, viendo cómo su amigo era envuelto por una oscuridad.

—Michael, ¡no puedo ver! —exclamó Josué desde dentro de esa sombra oscura que cubría su cuerpo.

Michael lanzó un hechizo en el área para que no se sintiera la presencia de lo que ocurría allí, creando un velo que evitaba que cualquier humano común pudiera verlos.

—Oye… —susurró una voz en la distancia, Josué la escuchó.

Fueron las últimas palabras que captó en su mente. Todo estaba oscuro, sin sentido; se sintió solo y frío. Todo era como siempre había sido.

—¿Quiénes son ustedes tres? —preguntó Josué, entendiendo que no estaba solo allí.

—Te lo recordaremos —susurraron esas presencias.

—Son muchas imágenes. ¿A dónde quieren llegar con esto? ¡Mi mente no es un juguete para su diversión! —gritó Josué dentro de la oscuridad.

—No, pero nos complace traerte a ese hoyo del cual saliste —dijeron las voces al unísono—. No eras aún consciente de lo que era el amor, apenas eras un niño, estabas aprendiendo a sentir. Yo destrocé gran parte de tu infancia e inocencia. Te arrebaté tu pureza, ahogando tus gritos con mi mano, y seguía adelante hasta que no pudiste soportarlo más y te desmayaste. Aun así, seguías insistiendo en estar conmigo. ¡Qué ingenuo fuiste! Te engañaba ante tus propios ojos. ¿Cuántas veces me viste con ese chico? ¿Cuántas veces te dije que solo era un amigo?

—Eso es pasado. —Contuvo un sollozo—. Aun así, me hiciste sufrir en ese momento, ¡pero todo es mejor ahora! —gritó, desafiando a las sombras que lo rodeaban.

—¿Cómo puedes decir eso? ¡Estás con un ángel! ¿No crees que tendrá más almas que cuidar aparte de la tuya? Eres solo una entre miles más —murmuraron con un tono cargado de desprecio.

Josué no se rendía.

—Él no me pertenece, pero siempre ha estado a mi lado —respondió, sus palabras eran fuertes. La sombra se retorcía mientras se reía con arrogancia.

—Eres un tonto si no lo crees —escupió, intentando socavar la confianza de Josué.

—Pero el joven se aferra a su verdad —dijo otra sombra.

—¡No! ¡No lo creo!

Entonces, una tercera voz se coló, tejiendo sus palabras con veneno.

—Sabes, ¿te acuerdas de aquel chico del que te enamoraste recientemente? Mientras él te decía que sentía algo por ti, estaba con otro, y no solo eso; estaba con tu mejor amiga, esa chica a la que le confiabas todos tus secretos, y viceversa. Ella fue la razón por la que él te dejó —susurró, desenterrando recuerdos dolorosos.

Pero Josué se mantuvo firme.

—No tienes pruebas suficientes para hacerme sentir mal —declaró, con una voz como un faro de luz en la noche eterna.

—¿Tú lo crees? —susurró una sombra, su voz serpenteando entre los susurros de la noche.

Josué se detuvo, sorprendido por el cambio en la vocalización.

—Espera, ¿Estefanny? —preguntó, reconociendo la modulación femenina que resonaba a través de la oscuridad.

La sombra se rio, un eco retorcido que llenó el vacío a su alrededor.

—¿Ahora me creerás? —desafió la voz, dejando a Josué mudo, sumido en un silencio que parecía durar una eternidad dentro de la oscuridad—. No te calles, dime cómo te sientes.

Josué suspiró, con el peso de la desolación aplastándolo.

—A pesar de todos estos años, me siento igual que siempre. Nada ha mejorado —admitió, dejándose caer al suelo con resignación—. Supongo que soy un fracaso, pero debe de haber algo positivo en todo esto —agregó, buscando un atisbo de esperanza en medio de la oscuridad.

—¿Positivo? Las personas que te quisimos solo sentimos lástima por ti. Solo queríamos aprovecharnos de tu vulnerabilidad, mendigando el amor que nunca te dimos a cambio —espetó la voz, sin una pizca de remordimiento.

Josué frunció el ceño, desconcertado.

—¿Por qué? ¿Qué ganaron con eso?

—Verte sufrir —fue la respuesta implacable, golpeándole el corazón con un dolor agudo.

—Sufrir —repitió Josué, su voz llenando la oscuridad con desesperación.

—¡Josué! —escuchó la voz de Michael, distante pero familiar.

—¡Michael! ¿Dónde estás? —gritó Josué desde la profundidad de la oscuridad, sintiendo una chispa de esperanza al reconocer la voz de su ángel guardián—. Espera, Michael, ¿qué estás haciendo?

Una versión oscura de Michael se adentró en la oscuridad, sembrando confusión en su mente atormentada.

—¿Qué estás diciendo, Michael? —preguntó Josué, sin creer que ese fuera el chico por el que ahora sentía algo. Este se alejó luego de verlo tirado en el suelo—. ¡Michael, regresa! —Intentó levantarse para correr detrás de esa sombra—. Regresa —murmuró, luchando por atrapar la silueta en la distancia—. Estoy aquí. —Dejó escapar un sollozo, sin rendirse ante el peso de la masa oscura.

—¿Ves? Esta es una mirada hacia tu futuro no muy lejano. ¿Aún crees que él estará más tiempo contigo, sabiendo que tiene muchas más almas que cuidar? Además, como él, hay más —resonaron las tres voces en perfecta armonía.

—No me escuchó —murmuró Josué, evitando oírlas.

—Tampoco lo ha hecho, créeme —dijeron las voces con sarcasmo.

—¡Josué! —una voz retumbó con fuerza dentro de la oscuridad.

—Espera, ¿quién está gritando mi nombre? —murmuró Josué, tratando de discernir la voz real entre el caos.

—Nadie. Es solo tu mente imaginando una salida. No la escuches, solo es tu imaginación —dijeron las voces con hostilidad y nerviosismo.

—No, solo cállate. Solo he sentido esa calidez una vez, y es de... —murmuró Josué hacia su interior, agarrándose el pecho con fuerza.

—Tu vida está aquí, en la oscuridad, donde tu alivio será desperdiciar tu vida sufriendo por tus errores —dijeron las voces, tratando de retenerlo y evitar que siguiera hacia la fuente de la voz.

—Esa no es mi vida, eso no es lo que he tratado de construir. ¡Déjenme salir de aquí! —gritó Josué, luchando por liberarse de la completa oscuridad.

—Espera, ¿de dónde sacaste esa lanza? —gritaron las voces, sintiéndose amenazadas.

Mientras estaba envuelto en esa oscuridad total, Josué canalizó toda su fuerza y convocó la lanza de Michael. Con un movimiento decidido, la lanzó hacia la dirección de las voces.

—¿Os di? —preguntó Josué.

—¡Maldito muchacho, no las pagarás! Acabas de partir —gritaron las voces con hostilidad—. Oh, estás aquí —fueron sus últimas palabras antes de ser destruidas por la lanza dorada de Michael. Esta las incineró desde su interior. El cuerpo de Josué salió de aquella masa oscura y Michael lo presenció mientras la oscuridad se desvanecía a su alrededor.

Después de atravesar el cuerpo del ente oscuro, la niebla y la oscuridad desaparecieron. En ese momento, los dos seres que estaban presentes no se marcharon. Josué se encontró frente a su ángel de la guarda, con la lanza dorada todavía en la mano, temblando ligeramente por la experiencia reciente.

Una figura oscura se materializó frente a él, su contorno apenas visible en la penumbra del día. Josué apuntó la lanza hacia ella, sintiendo una mezcla de bravura y temor en su interior. Pero, antes de que pudiera decir algo, la figura se disipó en la nada, dejando un eco de sus palabras hostiles.

Entonces de las sombras emergieron dos figuras más, más definidas y sólidas que la anterior. Una era una sombra alta y esbelta, con ojos brillantes que parecían atravesar el espacio; mientras que la otra era más baja, con una presencia más siniestra y amenazante.

—Pero eran tres, faltan dos —murmuró Michael, recogiendo una piedra del suelo. Al levantar la lanza, notó que ahora se sentía mucho más ligera que antes—. Josué, mantén la mirada en alto. No subestimes a estos seres, son dos enemigos. —Se acercó a Josué, quien trataba de captar las señales que le enviaba.

De repente, una de las entidades habló:

—Para derrotarme, debes enfrentar una parte de ti mismo. Pero solo sabrás cuál es si estás dispuesto a dejar ir algo que aprecias profundamente y que aún no te atreves a soltar.

—Algo muy apreciado —murmuró Josué para sí mismo, tratando de comprender lo que su mente intentaba decirle.

La sombra más alta soltó una advertencia:

—Estarás aquí por la eternidad, muchacho.

Josué sintió una oleada de fuerza.

—Espera. Lo que siempre he amado y, aun así, no quiero dejar ir eres tú —se dijo a sí mismo. Un destello de claridad lo iluminó, comprendiendo lo que realmente significaba—. Representas la oscuridad, pero no tienes derecho a regresar al Infierno de donde vienes. Con esta lanza sagrada, en nombre de mi protector, destierro toda la oscuridad que habita en mí. Dejo atrás la sombra que me ha perseguido desde la infancia y hoy me libero de ella —declaró, aferrándose fuertemente a su pecho.

—Espera, ¡no! —gritó la sombra mientras una luz brillaba desde el interior de Josué.

—¡Esfúmate! —exigió Josué, esparciendo la oscuridad y haciendo que la sombra volviera a unificarse en un punto.

—¡Desgraciado! —gritó esta, ya materializada.

Josué lanzó fuertemente al ente contra un muro lejano, acabando con su piedra.

—Falta uno, pero él debe hacerlo. Yo no puedo hacer nada —murmuró Michael, observando a su amigo.

—El lugar se ha aclarado más. ¡Michael, estás aquí! —dijo Josué, entendiendo que nunca salió por completo de esa extraña oscuridad que lo envolvió.

—He estado aquí siempre. Aquí para ti; ven, tenemos que irnos —contestó una voz parecida a la de Michael, sujetando una mano de Josué.

—Espera, tú no eres Michael. —Soltó la mano del ente con fuerza.

—Sí lo soy, ¿qué te pasa, Josué? —dijo el ente frente a él.

—Si eres tú, dime, ¿cuándo cumplo años? —preguntó Josué, con bastante certeza de que esa cosa no era su amigo.

—Es en poco tiempo, próximamente cumplirás. Eso es importante porque te celebrarán un año más de existencia —dijo el ente, extendiendo la mano para que Josué la tomara de nuevo.

—Discúlpame por desconfiar de ti —respondió Josué, tomándola y acercándose con cautela—. ¡Falso!

—¿Qué acabas de hacer, pequeño bastardo? ¿Cómo puedes atravesarme con esa maldita lanza? —dijo la sombra, atravesada por ella. Josué la empuñaba con fuerza, como si toda su furia se drenara para defenderse de esa cosa.

—Michael no entiende qué es un cumpleaños, él tampoco sabría qué decir sobre ello —replicó el muchacho, sonriendo.

—¡Maldito! —dijo la sombra, desapareciendo ante sus ojos.

—¡Josué! —gritó Michael desde fuera.

—Michael, esta vez sí eres tú —dijo Josué, viendo cómo el velo de la oscuridad se desvanecía por completo a su alrededor. Se desplomó frente a Michael, con poca energía.

—¿Qué te hicieron? Estabas encerrado en tu propia mente, pero estaban presentes en forma física. No podía acabar con ellos porque estaban dentro de ti y no podía hacerte daño —dijo Michael, sujetándolo con fuerza, muy preocupado—. Respóndeme, Josué, ¡respóndeme! —Le movió la cara para ver si reaccionaba.

—¡Dios! ¿Qué sucedió, Michael? —dijo Josué, intentando levantarse con mucha torpeza.

Después de salir del trance en el que estaba sumergido, se cayó sin poder moverse y perdió el conocimiento por unos momentos. Michael, viendo su estado, guardó sus alas en la espalda, volviendo a su forma humana. Luego levantó a Josué con cuidado y lo montó en su espalda. Con un gesto, desveló el hechizo que había puesto para que nadie viera lo que ocurría allí. Con paso lento, lo llevó de regreso a la casa, pensando que su amigo se recuperaría dentro, dejando atrás lo sucedido.

—Solo se desmayó, ayúdame a que se recupere, por favor —explicó Michael a Gloria.

—Tráeme el alcohol y algunas toallas húmedas —dijo ella mientras Michael recostaba a Josué con mucho cuidado sobre el sofá. Ella lo miró fijamente, indicándole que fuera rápido a buscar las cosas.

—Aquí están, ¿se pondrá mejor? —dijo Michael, respirando agitado y observando a su amigo con bastante nerviosismo.

—¿Qué estaban haciendo para que él quedara así? —preguntó ella, volviéndose para obtener una respuesta certera y no una mentira. Michael optó por no aparentar y mencionar algo lo suficientemente parecido para no preocuparla.

—Mi primo lo alteró y solo se desmayó —dijo él, intentando sonar sincero.

—¿Qué primo? —cuestionó Gloria, intentando calmar sus propios nervios. Se volteó nuevamente para ver la expresión de Michael, tan confundida como la suya.

—El que dijiste que estaba en la puerta esperándome, ¿te acuerdas? —detalló Michael, confundido.

—No, Michael, nadie ha estado aquí por ti —dijo ella, levantando una mano.

—¡Qué raro! —murmuró él, evitando que la madre de Josué lo escuchara.

—Entonces, ¿de qué hablas, muchacho? —dijo ella, bastante molesta.

—Nada, señora, solo se cayó y tuve que traerlo para que lo ayudaran —replicó él, cambiando todo lo dicho.

—Espero que sea así y no le hayas hecho daño a mi hijo. —Le lanzó una mirada acusadora.

—No, señora, no le he hecho nada —dijo él, bastante sincero, sonrojándose en el mismo instante.

—Espero eso; mira, ya está despertando. —Se alegró. Llevó sus manos a la cara de Josué para darle un beso en la frente.

—¡Josué! ¿Estás bien? —gritó Michael, haciendo que madre e hijo lo miraran de manera bastante rara.

—Sí, todo está bien, Michael, pero me estás abrazando muy fuerte —dijo Josué, intentando sonar lo más convincente posible, viendo que su amigo estaba bastante alterado.

—Discúlpame, pero estuve preocupado. Caíste y no despertabas. Intenté de todo para que reaccionaras, pero no escuchaste mi voz —dijo Michael, procurando calmarse al mismo tiempo.

—Hijo, ¿qué sucedió? —preguntó la mamá, deseaba entender la situación.

—Solo vi oscuridad y me desmayé. Lo último que escuché fue a Michael gritando mi nombre, pero no podía reaccionar. —Evitó mencionar que se había atrevido a destruir tres entes con un arma celestial.

—Está bien, voy a buscar algo para que comas y te mejores. ¡Michael! Cuida de mi hijo —dijo ella, mirando a Michael furtivamente para que sintiera su desaprobación por lo sucedido.

—Está bien, señora. —Este bajó la cara, para luego voltearse a ver a Josué, que intentaba erguirse en el mueble y quedarse sentado.

—Josué, ¿puedo entrar un momento en tus recuerdos? —preguntó Michael con una voz bastante amigable y convincente.

—Solo un momento, no quiero que veas otras cosas —dijo Josué, avergonzándose un poco. Pensar en sus recuerdos, y más en los pasados, no le haría estar mejor.

—No lo haré. Bueno, déjame colocar mi mano derecha en tu pecho y la otra en tu frente. —Emitió un suspiro—. Estás frío.

Luego de algunos minutos, Michael dejó caer algunas lágrimas sobre Josué. Todo lo que había visto en la mente de su amigo lo conmovió profundamente. Josué había enfrentado una oscuridad abrumadora y luchado contra entidades malévolas, usando una herramienta destinada solo para ángeles. Michael nunca había presenciado en un humano la valentía y la persistencia que Josué mostró al empuñar la lanza celestial para protegerse.

Mientras las lágrimas caían, Josué sintió el calor de la emoción de Michael y abrió los ojos lentamente. Encontró a su amigo con una expresión de asombro y tristeza.

—Michael, ¿qué sucede? —preguntó Josué, notando la intensidad de su mirada.

—¿No recuerdas lo que sucedió en esa oscuridad? —cuestionó Michael con preocupación.

—Pude destruir esas cosas, eso me liberó —respondió Josué, respirando profundamente.

—Gracias, pero me preocupa que hayas sufrido un poco allí —dijo Michael, asintiendo; pero su preocupación no se desvanecía.

—Estoy bien y salvo gracias a ti. —Josué sonrió débilmente. Michael se acercó más y dijo con suavidad:

—Levántate y dame un abrazo.

—¿Un abrazo? —preguntó Josué, sorprendido.

—Dame el abrazo, te lo estoy pidiendo —insistió Michael.

—Está bien, aunque no sé por qué. —Antes de que pudiera terminar su frase, Michael ya lo había tomado de las manos; sus ojos reflejaban una mezcla de dulzura y convicción—. ¿Qué estás haciendo? —dijo Josué cuando Michael lo tomó de las manos.

—Tomándote de las manos, ¿no es obvio? —Michael sonrió.

—Pero ¿por qué?

—Vi que lo hacían algunas personas en la playa —explicó Michael, encogiéndose de hombros.

—Pero estaban en parejas. —Michael lo miró directamente a los ojos, sus palabras estaban llenas de curiosidad e inocencia.

—No sé qué significa eso, quiero saber qué se puede sentir —dijo Michael, acercándose aún más.

—Michael, estás muy cerca de mí.

—Déjame hacerlo. Además, no hay nada de malo en esto.

—Pero…

—Déjame hacerlo —repitió Michael, esta vez susurrando.

Lo envolvió en un abrazo cálido y reconfortante, sus manos firmemente entrelazadas. Josué sintió la sinceridad y el cariño en el gesto y, despacio, comenzó a relajarse, aceptando el consuelo de su amigo.

—¡Josué! —dijo Gloria mientras entraba a la habitación, sorprendida por la situación. El nombre de su hijo salió como un pequeño grito.

—Mamá, no es lo que crees —dijo Josué, soltando a Michael y alejándose de golpe.

—No estoy creyendo nada, pero nunca había visto esto de frente. —Ella se llevó una mano al pecho.

—Michael, suéltame; mamá, perdón, perdón —dijo Josué muy apenado, terminando de alejar a su amigo.

—Vengan, siéntense. No te preocupes, Josué. Yo comprendo lo que sucede —dijo ella con una voz dulce y suave.

—No, no lo comprenderás —replicó él, bastante molesto y avergonzado de lo que había visto.

—Michael, eres un buen muchacho y de verdad me encantaría que ustedes dos estuvieran juntos. Apoyaría su relación. Además, por lo poco que te he conocido, chico, eres perfecto para mi hijo. —Sonrió mucho, sentándose frente a ellos.

—¡Madre! —dijo Josué, intentando no levantar la voz; pero estaba evidentemente avergonzado de que ella hablara de eso frente a Michael.

—Josué, dile la verdad —pidió ella, intentando que su hijo reaccionara a sus emociones.

—¿Qué verdad me tiene que decir Josué, señora? —preguntó Michael, confundido, pensando que sabía todo sobre él.

—Nada, Michael, ninguna verdad te tengo que decir. ¿Saben? Quiero salir —dijo Josué, intentando desviar el tema mientras se levantaba.

—No te vayas, hijo. Dile las cosas como son —lo animó ella para evitar que su hijo abandonase una conversación que le serviría para afrontar sus verdaderos sentimientos.

—Mamá, vuelvo en un momento —dijo él antes de salir de la casa.

—Nunca he visto a Josué tan perdido. Entre nubes y estrellas lo he podido observar, pero hoy está de una manera inusual. Él no es así; no suele callarse lo que siente o lo que le pasa. A pesar de todo, siempre ha sido recto al decir lo que teme y cree que es lo correcto —contó Gloria, intentando entender por qué su hijo actuaba así.

—Ya vengo, señora. Iré a hablar con él. —Michael se levantó del sofá y lo siguió.

—No lo presiones —dijo ella, viendo cómo salía a buscar a su hijo.

Mientras Michael se apresuraba a buscar a Josué, unas lágrimas escaparon de sus ojos. Sin embargo, las enjugó rápidamente y continuó su camino. Josué, por su parte, se sentó en las escaleras de la entrada, absorto en sus pensamientos. Los auriculares inundaban sus oídos con su canción favorita a todo volumen.

Al salir corriendo de la casa, Michael tropezó con él y ambos terminaron en el suelo. Esa caída suave los dejó uno encima del otro, cara a cara, con el teléfono de Josué como único testigo. Sin pensarlo dos veces, este comenzó a golpear a Michael con brusquedad; sus emociones descontroladas se manifestaban en cada golpe. Las lágrimas surcaban su rostro, pero su mirada permanecía fija en el suelo. Sin embargo, al sentir algunas gotas caer sobre él desde el rostro de Michael, algo cambió en su interior.

—Michael, ¿por qué estás llorando? —preguntó Josué, sorprendido.

—No te preocupes, todo está bien. Golpeas fuerte, pero esos ángeles oscuros que destruiste te afectaron. Debes ser más fuerte para salir ileso de ellos y no dejar que manipulen tus recuerdos —respondió Michael, tratando de tranquilizar a su amigo y comprender el impacto emocional para Josué debido a su experiencia en la oscuridad.

—Ya lo sabes. De todas maneras, no lo iba a ocultar, pero me afectó todo lo que pasó allí —admitió Josué, volviendo la mirada para evitar mostrar su vulnerabilidad.

—Seré sincero con lo que presiento, siento y comprendí al leer tus recuerdos —dijo Michael con un suspiro.

—¿Qué viste en ellos?

—Josué, estás enamorado de mí —soltó Michael con una sonrisa.

—¡No es cierto! Solo es aprecio —respondió Josué, tratando de alejarse; pero Michael lo detuvo con su poder angelical.

—No confundas la amistad con el amor. Te conozco desde hace un año y creo saber lo que sientes, es similar a lo que has sentido por todas esas almas que has querido; pero ellas no a ti —explicó Michael, observando la reacción de Josué.

—¡Cállate! ¡No sabes lo que estás diciendo! Además, ¿qué sabes tú de eso? ¡Eres un ángel! —gritó Josué, mostrando una verdadera rabia ante lo que su amigo consideraba la verdad.

—Tranquilízate, es la verdad. Si te está doliendo, no debería ser así. ¿Sabes? Estoy arriesgando mis alas por estar contigo y, aun así, ¿crees que no correspondería a lo que sientes? —dijo Michael, tratando de calmarlo.

—¿Estás diciendo lo que creo que dices? —inquirió Josué, lanzándose contra él.

—Supongo que sí —respondió Michael con un movimiento de cabeza.

—Pero ¿cómo es eso posible? —Se llevó las manos a la cabeza.

—Todo tiene posibilidades en esta vida y, en la otra, igual —dijo Michael, sonriendo.

—¿Qué pasará con tus alas? —preguntó Josué, con una sonrisa y voz temblorosa.

—Puedo perderlas, pero no te preocupes. No tienes nada que ver con mi decisión —dijo Michael, encogiendo los hombros.

—Pero ¿qué pasará si te las quitan? —preguntó nuevamente Josué, intentando ser lo más claro posible con todas las dudas que ahora tenía en su mente.

—No te preocupes, todo estará bien —insistió Michael, tratando de calmar la tempestad en la cabeza de Josué.

—¿Te puedo…? —comenzaron ambos al unísono.

—¿Abrazar? —completó Josué la oración.

—¿Sí? —dijo Michael, sorprendido.

—Hazlo, te lo has ganado —dijo Josué. Lo estrechó fuertemente mientras ambos estaban tirados en el suelo.

—Desde hace mucho tiempo, no había presenciado una conexión tan poderosa entre un ángel y un humano —resonó una voz majestuosa en la sala principal del palacio celestial, haciendo que la máxima autoridad sintiera como si su cabeza fuera a estallar.

—¿Por qué deseas tomar al chico, máxima autoridad? —preguntó un ángel presente en la reunión.

—Claramente, corre sangre de ángel por sus venas, una herencia que no es de ninguno de nosotros. Él no es un simple humano, ni tampoco un semiángel; ¡es un ángel en toda regla! —declaró la máxima autoridad, con semblante serio y reflexivo.

—¿Es posible tal cosa? —preguntó el ángel presente con asombro.

—El ángel que fue su bisabuela hizo un sacrificio monumental para convertirlo en su protegido y otorgarle la capacidad de ser un ángel como ella —explicó con un tono de autoridad innegable.

—¿Su alma ha cometido pecados? —inquirió el ángel con preocupación.

—Lamentablemente para nosotros, no. Aunque su pureza corre el riesgo de ser corrompida por algún ser caído, que pueda tentarlo y convertirlo en algo menos divino —respondió la máxima autoridad con gracia.

—¿Cómo fue posible que el ángel transfiriera su sangre a un humano? —preguntó el ángel, desconcertado por la idea.

—Ese es uno de los grandes misterios divinos, que solo Dios guarda en su sabiduría infinita —suspiró la máxima autoridad, reflejando la complejidad del enigma.

—¿Dónde está ese ángel ahora?

Antes de darle la respuesta, la máxima autoridad intervino antes que saliera del recinto, encapsulando al ángel con el poder del tiempo en una burbuja de bucle. Observó la burbuja flotando sobre él y reflexionó para sí mismo, se dio cuenta de su error al esperar que un ángel de rango inferior a los arcángeles pudiera responder a sus inquietudes sobre la naturaleza de la existencia angelical. Después de todo, ¿cómo podrían conocer la verdad sobre la creación del universo y su propósito último, si incluso entre los más elevados aún persistían incógnitas? La complejidad de la verdad divina era tan vasta y profunda que incluso los más sabios entre ellos solo podían vislumbrar fragmentos de ella. Era un recordatorio humilde de la limitada comprensión que poseían sobre los misterios del cosmos y la existencia misma.

CAPÍTULO VI
DESPIERTA

—Dios lo escondió de nosotros —dijo la máxima autoridad al ángel dentro de la burbuja, haciendo referencia al humano que ahora estaba con Michael Malevich.

—¿Por qué Dios lo escondería de nosotros? —preguntó el ángel, sintiendo la presión de las paredes de la burbuja.

—No de ustedes, de mí —corrigió la máxima autoridad, llevándose las manos a la frente.

—Pero, máxima autoridad, usted lidera el coro celestial. ¿Por qué debió de esconderlo? —dijo el ángel entre murmullos de dolor.

—Eso solo lo sé yo y nadie más debe saberlo. Además, no es asunto de ustedes —respondió con firmeza.

—Entiendo —susurró el ángel antes de quedar inconsciente dentro de la burbuja.

—Josué, dame tu mano —dijo Michael, sintiendo cómo el corazón de este latía con fuerza mientras lo abrazaba más.

—¿Está bien? —preguntó Josué, un poco sobresaltado porque lo había despertado.

—Perfectamente. ¿Sabes? Eres un chico hermoso, que llena muchos espacios en el corazón de hielo de algunos seres. Pero, realmente, has sido solo utilizado para llenarlo y luego dejarlo atrás. Solo has sido eso. No es para que te sientas mal, soy solo un ángel —dijo Michael, un poco consternado por el huracán de emociones que su cabeza estaba procesando y sintiendo.

—Solo eres un ángel —mencionó Josué, tratando de ocultar que sus palabras sí le habían dolido—. Termina tu oración —añadió con desdén y molestia—. ¿Qué estás haciendo? —fueron las últimas palabras de Josué, hasta que Michael lo sorprendió con una escena bastante peculiar.

De repente, tomó sus manos y las puso en su cintura. Se acercó lentamente, sus caras a solo centímetros de distancia. Eran de la misma estatura, así que sus miradas se encontraron de forma directa. Michael sonreía de una manera diferente, como si en ese momento sintiera todo como un humano. El espacio entre ellos se estrechó aún más, sus narices se rozaron y el silencio se volvió casi palpable, como si el mundo se detuviera alrededor de ellos.

Michael subió su mano y la posó suavemente en la mejilla de Josué, acercando sus labios a los de él. Con un suave y decidido movimiento, lo besó.

Josué cerró los ojos, sintiendo el beso con una dulzura y una pureza inesperadas. Al principio, estaba completamente sorprendido; su expresión lo decía todo, como si no pudiera creer lo que estaba pasando. Poco a poco, se dejó llevar y comenzó a corresponder al beso, sintiendo cómo sus labios se movían en sincronía con los de Michael.

En su cabeza, Josué solo podía preguntarse: «¿Esto es real? ¿Por qué yo? Soy solo un chico normal, un mortal, parte de este caos llamado mundo. ¿Por qué tú, Michael? Sabes lo que significa para mí este beso. Conoces mis secretos más profundos, las historias que han destrozado mi corazón una y otra vez. Pero estás aquí, te necesito, no quiero que te vayas. Si me sueltas, me hundiré»...

En menos de dos minutos, las manos de Michael se deslizaron por el cabello de Josué, dejándolo un poco alborotado. De repente, sus alas se abrieron, rompiendo la tela de su camisa y revelando su verdadera forma de ángel. Rodearon a Josué con fuerza, acercándose más a él. Entonces, Josué tomó valor y acarició la mejilla de Michael, buscando unir sus labios con los suyos.

Dentro del abrazo de las alas, los ojos de Michael brillaban con un azul intenso, iluminando el rostro de Josué. Este, al abrir los párpados, se encontró con esa luz sorprendente, que hizo que los suyos brillaran con la misma intensidad. Michael separó sus labios de los de Josué, pero sin soltarlo de su abrazo alado.

—¡Tus ojos, Josué! —dijo Michael, visiblemente emocionado.

—¿Qué pasa con mis ojos? —preguntó Josué, un tanto incrédulo, pensando que era una broma.

—Eres como yo —dijo Michael con una sonrisa.

—¿«Como yo»? —preguntó Josué, confundido, mirándolo directamente.

—Eres un ángel en el cuerpo de un humano —mencionó Michael, haciendo una mueca mientras se rascaba la cabeza.

—¿Qué estás diciendo? No juegues conmigo —dijo Josué, un tanto irritado por la broma que pensaba que le estaba haciendo.

—Luego te diré, pero, por ahora, debes olvidar que hice esto. —Michael hizo un chasquido mientras sonreía y le daba otro beso.

—Está bien —dejó una larga pausa para continuar—, Michael —dijo Josué un poco cabizbajo.

—Te quiero, Josué —confesó Michael con fluidez, tomándolo del hombro.

—Yo también…

No logró terminar la frase porque empezó a ver borroso y se desplomó contra él. En ese momento, cayó en las manos de Michael, dejando que su cuerpo descansara. Consciente de lo que sucedía, Michael tomó su forma humana y lo sostuvo, para llevarlo a casa para que descansara.

Era demasiada información en tan poco tiempo. Michael pensó y agradeció al Cielo.

—Señora, espero que estés orgullosa de tu hermoso bisnieto. Espero que aún me sigas ayudando a estar aquí junto a él —murmuró con gratitud en su voz.

Con cuidado, Michael levantó a Josué en sus brazos y salió de la habitación, llevándolo hacia la sala, donde estaba Gloria. Esta, sorprendida al ver a su hijo en los brazos de Michael, rápidamente se acercó para examinarlo y asegurarse de que estuviera bien.

—¿Qué ha pasado? —preguntó preocupada, mientras Michael explicaba lo sucedido. Aunque algo desconcertada por la situación, aceptó las explicaciones y lo ayudó a llevar a Josué a la sala para que descansara.

—Él estará bien, señora, solo se esforzó mucho —mencionó Michael con voz suave y calmada, tratando de tranquilizar a la madre de Josué.

—Hijo, ven un momento. —Le hizo gestos para que salieran.

—Voy, señora —respondió Michael, siguiéndola por la casa hasta el exterior.

Una vez afuera, la mamá de Josué se dirigió a él con una expresión seria pero comprensiva.

—Michael, Josué te quiere. Él espera tener algo contigo y de verdad está ilusionado. Esperamos que tú también lo hagas muy feliz. Realmente, quiero eso para nuestro hijo. ¿Me entiendes? —expresó, colocando una mano sobre su cadera. Michael asintió con una sonrisa.

—Señora, él ya es mi novio —afirmó con alegría, confirmando las nuevas noticias.

—Oh, entonces ya me lo suponía —dijo ella, bajando la mirada hacia el suelo.

—Señora, su hijo vivirá un tiempo conmigo y no te preocupes, yo cuidaré muy bien de él —aseguró Michael, levantando la mirada para encontrarse con los ojos de Gloria.

Ella se sorprendió un poco por la noticia.

—Espera, ¿vivirán juntos? —preguntó un tanto exaltada.

—Ya me lo prometí, aunque él no sabe. Estaba guardando el secreto, y, cuando termine este viaje, eso sucederá —dijo él mientras sonreía.

—No te estás burlando de mí, ¿cierto? —preguntó Gloria, señalando con bastante incredulidad.

—Para nada, señora. Siempre he sido un hombre recto y directo con mis decisiones. Esta ya la tomé; él vivirá conmigo —respondió Michael, con una convicción notable en sus palabras.

—¿No crees que vas un poco apresurado en tu decisión, hijo? —preguntó ella con voz firme.

—Posiblemente, pero llevo más de un año conociendo a su hijo y estoy totalmente comprometido para que todo salga bien. Además, nunca le faltará nada en esta vida ni en la siguiente —afirmó Michael, tratando de transmitir seguridad en su elección.

—De verdad, serás un excelente yerno, hijo —dijo ella, creyendo sus palabras.

—Espero serlo. Haré todo lo posible para que estén orgullosos de nosotros, incluso si no puedo lograrlo —expresó él, abrazándola con fuerza.

Después de una larga charla con la mamá de Josué, Michael decidió tomar una pequeña siesta. A veces, cuando descansaba, recordaba todas las visiones creadas por la mente de Josué desde pequeño; ellos ya estaban destinados.

Sin embargo, esta vez no era una de esas ocasiones. Usualmente, los sueños de un ángel contenían premoniciones o visiones de sus protegidos, ya fuesen hermosos o escasos de información. A veces, eran muy personales, claros, concisos, con metas y llenos de esperanzas por las cosas que deseaban o necesitaban en su vida, ofreciéndoles un poco de felicidad.

Pero algunas almas no regresaban de esos sueños. Tristemente, su realidad era diferente y, por ende, no volvían de ese estado onírico. En ese momento, el ángel que resguardaba dicha alma debía buscarla en ese plano de sueños y liberarla de pesares para que pudiera pasar a ser juzgada.

Desde que conoció personalmente a Josué, Michael no había vuelto a soñar. Pero esta vez parecía diferente. El lugar en el que se encontraba era muy oscuro, lleno de gritos. Muchos portales del Infierno se abrían en ese terreno llano. Se oía el grito de Josué a lo lejos y Michael corrió desesperadamente hacia él. Al alcanzarlo, lo encontró sentado, sollozando y tapando con las manos su corazón. Michael se asustó, pero lo tomó de la espalda y, al ver que no respondía, lo miró directamente.

Josué no era el mismo. Estaba destruido, con la mirada caída y las lágrimas recorriendo su rostro como cascadas de petróleo. En su pecho, brillaba una luz violeta. Estaba contaminado, pero luchaba para que su cuerpo no se consumiera por el odio.

Entonces, Josué se introdujo las manos en su corazón y arrancó de él una piedra oscura; una plaga que se estaba creando en su interior, atascándolo con sentimientos malignos y odio. Estos contaminaban tanto a un ángel como a un alma humana. Miró a Michael y dijo:

—Yo te ayudaré a combatir esta plaga. —Rompió la piedra con sus manos.

Michael cayó de la cama, asustado, y puso su lanza en posición de ataque. Al darse cuenta de que no había nadie más, guardó su arma y se quedó reflexionando sobre el extraño sueño que acababa de experimentar.

«La guerra se acerca y Gabriel está detrás de todo esto», fueron las únicas palabras que se dijo después de haberse despertado aquel nuevo día.

Gloria se levantó temprano para examinar a su hijo y, al notar que ya estaba mejor y despierto, pasó a saludar a Michael.

—Michael, Josué ya despertó. Si quieres, ve a verlo —le dijo ella con un grito enérgico.

—Gracias, Gloria, iré a verlo —respondió Michael, un poco adormilado pero pensativo.

—Además, alístate, que saldremos a visitar los centros comerciales de esta costa —añadió ella con otro grito entusiasta.

—Perfecto, necesitamos eso —intervino Josué desde la sala.

—¿A qué te refieres? —preguntó Michael, apareciendo en la sala para saludarlo.

—Un cambio, un nuevo *look*, o quizás nuevas prendas —explicó Josué, haciendo gestos con la cabeza al mismo tiempo que su mamá.

—Suena perfecto, pero esperemos que tu papá baje rápido — dijo ella antes de gritarle al esposo—: ¡Baja para comer y salir!

—Iré a ducharme —interrumpió Josué a ambos.

Tomó su toalla y se dirigió hacia el baño. Se paró en la entrada y, con una sonrisa, dijo:

—Gracias por darme la oportunidad de estar contigo y ayudarte en lo que pueda. —Miró a Michael.

—No deberías decirme gracias a mí, ella se lo merece más que yo. —Se refería a la madre de Josué.

—Ella lo sabe —respondió este un poco exaltado—. Está bien, dame permiso, que me ducharé. —Lo empujó un poco hacia la puerta.

—Tenemos que hablar —dijo Michael, evitando que pasara.

—Pero no será en este momento —contestó Josué, apartándolo un poco más fuerte.

—Insisto. —Michael arremetió, apretando su cuerpo para que no pudiera moverlo.

—Entonces entra al baño conmigo —le dijo Josué con una gran sonrisa retadora.

—Está bien —respondió él. Entró primero al baño y lo siguió con la mirada mientras Josué pasaba como un perro regañado, aliviado de que ninguno de sus padres estuviera viendo esa escena.

Tras cerrar la puerta, Michael se quitó la ropa y entró en la ducha. Josué, sintiéndose apenado, se sentó en el suelo sobre un paño para evitar la frialdad de las baldosas. Estaba avergonzado porque sería la primera vez que vería a Michael sin ropa.

—Mientras te duchas, te contaré —dijo Josué—. Dime la verdad —mencionó, mirando los azulejos de las paredes—. ¿También tuviste ese sueño? —Dejó una pausa para ver si Michael respondería a la pregunta.

—¿Qué sueño, Josué? —dijo Michael, asomándose por la cortina de la ducha.

—Donde me estaba quebrando y esa piedra estaba destruyendo mi cuerpo. —Hizo una pausa y, luego, continuó—. Aun así, luché y pude sacarla y destruirla —dijo Josué, mirándolo con vergüenza.

—No quiero que te suceda nada y no pude hacer nada; no me escuchabas —dijo Michael con tono suave.

—Sí lo hice, por eso mismo pude salir de ahí —mencionó Josué, levantándose bruscamente del suelo.

—¿Estás diciendo que hay una salida para esas criaturas corrompidas, almas caídas, o ángeles caídos? —dijo Michael un poco incrédulo.

—Puede ser posible, pero debemos investigar. Estoy empezando a tener toda esta información. No es fácil para un humano pensar que solo somos una marioneta o un experimento de Dios —añadió Josué.

—No lo somos, pero parece que esto no es culpa de él. —Michael se refería claramente a Gabriel.

—¿De quién es entonces? —Josué hizo señas con las manos porque la cortina ya estaba mostrando más de lo que deseaba ver.

—En el palacio nos enseñan todo acerca de esto, pero hay una autoridad debajo de Dios; él no es un ángel, tampoco un alma. Es un Dios del pasado. ¿Has oído hablar de Cronos, el dios del tiempo? —dijo Michael, entrando nuevamente en la ducha.

—Sí, es parte de la mitología. Él maneja el tiempo y el espacio, pero ¿quién lo creó?

Claramente, había estudiado mucho sobre dioses y deidades a escondidas de Michael, para tener la información necesaria sobre lo que podría vivir con él.

—Dios, Él lo reencarnó; aunque no sé con qué propósito. Lo que sí sé es que la vida de cada humano es valiosa, al igual que sus almas. Él no los ve así. Él maneja sus vidas, sabe lo que harán o no —agregó Michael con un poco de rabia en el tono.

—¿Cómo lo sabe? Es redundante la pregunta, pero debe de haber un propósito o algo —dijo Josué, pegándose una mano a la frente por la tontería que acababa de soltar.

—Él utiliza una especie de altar con una fosa con agua, para reflejar el futuro o los hilos del destino de cada persona en la Tierra. Así sabe qué harán, o cómo serán sus vidas.

—Entiendo. Tú me habías dicho que todos ustedes necesitan de la sangre (¿se puede llamar así?) de las piedras oscuras de los ángeles caídos, para poder estar sanos. Creo que puedo llegar a esa hipótesis —dijo Josué, un poco confundido.

—Ahora mismo, cualquier cosa es probable —reconoció Michael, terminando de ducharse.

—Mi hipótesis es que él está haciendo eso porque el palacio se ha quedado sin energía de esa sustancia para ustedes. Además, se apoyan en la idea de crear más oscuros, o hacer que un alma se quiebre hasta convertirla en comida para ellos. Así tendrán más poder para ellos. En el momento en que los derroten, obtendrán energía —mencionó Josué, tratando de organizar sus ideas.

—Eso es probable, ¿por qué motivo está haciendo esto? El palacio siempre ha tenido energía durante todos los siglos desde la creación. Dios abastece todo lo que nos rodea. Él es energía pura —acotó Michael, asumiendo que lo que decía Josué tenía un poco de razón.

—Pero ¿dónde está Dios? —preguntó Josué, metiéndose por un lado de la cortina para ver a Michael.

—Esa pregunta no la puedo responder. Además, llevo mucho tiempo sin estar en el palacio. Estar allí podría causar problemas. Cronos creo que te necesita —dijo Michael, volteándose para observarle la cara.

—¿Por qué? Solo soy un humano —dijo Josué, sonrojado al ver a Michael sin nada.

—Él solo te quiere, es lo único que sé. —Agitó una mano con desdén.

—Michael, esto me asusta. Me aterra la idea de tener que enfrentar algo mayor que yo —dijo Josué, un poco acongojado.

—No debes tener miedo de eso. Tienes el poder para hacerlo y te apoyaré. —Michael le sonrió mientras terminaba de enjuagarse el jabón.

—No lo sé, esto es mucho para mí. Oye, no salgas de la ducha; estás escurriendo agua por el piso y, además, estás desnudo —dijo Josué. Michael lo empujó para secarse con la toalla que estaba detrás de él.

—No importa, mírame —dijo Michael muy seriamente.

—Te estoy mirando, pero estás muy cerca —murmuró Josué, con una sonrisa bastante nerviosa.

—Todo está bien. Todos tenemos miedo a cosas que no sabemos o nunca hemos visto. Lo nuevo asusta, pero estoy aquí y te protegeré. —La voz de Michael ahora sonaba como una armonía sutil y cautivadora.

—Confío en ti —dijo Josué, mirándolo fijamente.

Michael le puso sus manos en las mejillas, acercándose más hasta que sus labios se encontraron en un beso profundo. Sus alas se expandieron majestuosamente, llenando el pequeño espacio del baño con su resplandor, como la primera vez que se revelaron ante Josué.

Por un momento, este se dejó llevar por la intensidad del beso, sintiendo una oleada de emociones que lo envolvía por completo. Abrió los ojos y se encontró con la visión impresionante de Michael en su forma angelical. Las alas se desplegaban completamente, tocando las paredes del baño, mientras los objetos pequeños caían al suelo, perturbados por la fuerza del movimiento. A pesar del caos momentáneo, Josué no se asustó. En lugar de eso, cerró los ojos de nuevo, entregándose al momento y devolviéndole el beso con igual fervor.

Michael, sintiendo la reciprocidad de Josué, intensificó el beso, sus alas creando un refugio protector alrededor de ambos. El resplandor de sus alas iluminaba el baño, haciendo que todo lo demás pareciera desvanecerse en comparación. Era como si el tiempo se hubiera detenido y, en ese instante, solo existieran ellos dos, unidos por algo más allá de lo terrenal.

El sonido de la ducha y el eco de sus respiraciones se mezclaban, creando una sinfonía íntima. La calidez del agua y la suavidad de las manos de Michael en las mejillas de Josué hicieron que todo pareciera un sueño, una realidad alterna, donde solo importaban sus sentimientos y la conexión que compartían.

—Esto me gusta, pero tengo que terminar de secarme —dijo Michael, mirándolo de arriba abajo con una sonrisa e interrumpiendo la armonía.

—Está bien, Michael. Yo terminaré de ducharme rápido «gracias a que me mojaste todo» y saldré, nos vemos en la cocina —respondió Josué con voz entrecortada, tratando de recuperar la compostura.

—Una última cosa —dijo Michael antes de que pudiera salir del baño.

—Dime. —Se volteó para mirarlo.

—Siempre estuve contigo y no te dejaré luchar solo —le aseguró Michael con una sonrisa cálida.

—Esto es de los dos. Me involucré, y no solo se trata de ti —acotó Josué con una gran sonrisa. Michael asintió, sus ojos brillando con afecto.

—Entonces, estamos juntos en esto, como siempre debió ser.

Josué sonrió una vez más antes de salir del baño, dejando a Michael para que terminara de secarse. Mientras caminaba hacia la cocina, sentía una mezcla de emociones; pero, sobre todo, la certeza renovada de que, con Michael a su lado, podría enfrentar cualquier cosa que el destino les deparara.

Josué no dejaba de pensar en todo lo que había hablado con Michael. Era obvio que algo malo estaba por suceder. No quería involucrar a su familia, pero la idea de mantenerlos al margen se hacía cada vez más difícil. Todo parecía confuso, y buscar sentido en medio de ese caos podría ser peligroso para cualquiera que estuviera cerca de él.

Al llegar a la cocina, vio a su mamá sentada en la mesa junto a su papá. Al sentarse, notó cómo ella lo miraba con una mezcla de preocupación y amor, como si fuera un recién nacido al que acababa de conocer.

—¿Por qué me miras así? —le preguntó Josué.

—Tu bisabuela estaría orgullosa de ti. Eres un gran chico. Mira el maravilloso hombre en el que te has convertido. Al principio, fue un poco difícil, pero ahora tengo un maravilloso yerno que de verdad te quiere, Josué —dijo Gloria con mucha ternura, sonriéndole.

—Madre —murmuró él, bajando la cabeza.

—Te queremos, hijo —dijo ella, tomando una mano de su esposo.

—Padre —pronunció Josué, mirando a este, quien asintió en concordancia con las palabras de su esposa.

—Ninguno de tus abuelos te conoció. Para el momento en que naciste, ellos ya no estaban con nosotros. Pero mi abuela sí estaba y ella asumió el papel de abuela para ti. Te amó de una manera impresionante, hasta que se marchó —dijo el señor Mario.

—Eso no lo sabía, papá. ¿No sabes algo extraño sobre la vida de la bisabuela? —preguntó Josué con un poco de picardía.

—De la vida de ella sabemos muy poco. Además, era muy religiosa y en ningún momento pasó nada extraño con ella. Era una linda viejita.

—Está bien —respondió Josué, mirando al vacío en dirección a una pared.

—¿Y Michael? —preguntó ella, sintiendo que estaban un poco melancólicos al hablar de sus emociones.

—Debe de estar por bajar, estaba duchándose —respondió Josué, volviéndose para sonreírle.

—¿Estaban hablando de mí? —respondió Michael, bajando las escaleras.

—Puede que sí, pero vamos. Siéntate a comer, hijo —dijo Gloria, levantándose para darle el puesto.

Michael sonrió y se sentó junto a ellos. La calidez y el amor en la cocina hicieron que Josué se sintiera un poco más en paz, aunque la preocupación por lo que les deparaba el futuro seguía latente en su mente.

—Está bien, señora, con su permiso —dijo el ángel.

—Bueno, espero que todos quieran comer lo que acabo de cocinar —dijo ella, sonriéndoles a todos. Al dirigirse al comedor, los abrazó fuertemente.

—Siempre haces cosas buenas para comer, mamá —dijo Josué.

—Croquetas de pescado y bollos de harina, acompañados con un caldo de papas y un delicioso jugo de naranja recién exprimido —dijo ella con entusiasmo, terminando de colocar todo en la mesa.

—Suena delicioso, señora —dijo Michael, mirando toda la comida que había preparado su suegra.

—Bueno, ¿qué esperan? ¡A comer se ha dicho! —dijo ella, sentándose.

Después de haber comido, todos decidieron salir a pasear por los centros comerciales del lugar. Ya quedaba muy poco de las vacaciones que había tomado la familia.

En el centro comercial, pasaron a un estudio fotográfico para tener recuerdos impresos de sus vivencias en ese maravilloso lugar. Las primeras poses que se hicieron fueron familiares.

—Listos, chicos. Digan «queso» —dijo la chica que los fotografiaba.

—¡Esperen! —gritó el papá, viendo a Michael al frente para tomar la foto a la familia.

—¿Qué sucede, papá, algo anda mal? —le preguntó Josué confundido.

—No, hijo, sino que debe salir la familia completa. —Señaló a Michael con un dedo.

—¿A qué te refieres? —mencionó la chica.

—Hace falta mi yerno —dijo Mario, abrazando a Michael con fuerza.

—¿A mí? —preguntó este.

—Sí, la familia debe estar completa para poder tomar la foto —añadió ella con bastante alegría.

—Pero… —dijo Michael, Gloria lo interrumpió con una sonrisa.

—Ningún «pero», yerno. Pase adelante y acomódese.

—Está bien, Gloria —dijo Michael, mostrando cara de contento—. Bueno, ahora que están todos, sí tomaré la foto. —Sostuvo la cámara para que todos salieran.

—¡Qué hermosa foto, señorita! —dijo la mamá de Josué a la chica—. La vamos a imprimir. Ahora vamos a tomarnos una de nosotros dos y otra donde esté mi hijo con mi yerno.

—Acomódese, listos, hermosos —dijo la chica, tomando la foto de Mario y Gloria.

—Esa quedó perfecta. Ahora una de ellos dos —mencionó Mario junto a Michael a la chica que los atendía.

—Michael, ¿estás listo? —le preguntó Josué a su amigo.

—Sí, siempre lo he estado para poder estar junto a ti. —Le dio un beso en la frente, haciendo que los padres se voltearan para no verlos.

—Chico, ponte detrás de él y abrácelo —les dijo la chica, notando que los dos estaban más tensos que dos vigas de hierro.

En el momento en que Michael puso un brazo alrededor de Josué, los dos se miraron fijamente. En el instante en que intercambiaban sus miradas enamoradas, la chica tomó la foto.

—Oye, no estábamos listos ni acomodados —dijeron ellos al unísono, acercándose a él para verla.

—No se preocupen, mírenla.

—Es... —Josué le tomó una mano a Michael— hermosa.

—Esa la quiero —dijo Michael.

—Bueno, ahora a pagar —mencionó el padre de Josué, separándolos.

Sin embargo, los chicos no quisieron dejarlo ir solo. Mientras tanto, la chica se acercó a ellos e hizo señas a la mamá de Josué.

—Señora, ¿les puedo ser sincera? —Los separó de su familia un momento.

—Dime, mamita —respondió ella, siguiéndola.

—Tienen una hermosa familia, y de verdad me da gusto que acepte y ame a su hijo tal y como es. Más que todo, por lo que veo, joven, tienes a un chico muy especial a tu lado. Cuídense, quiéranse, ámense —dijo la chica.

—Sí, tengo la mejor familia que ninguna madre podría tener y un hijo maravilloso —dijo Gloria, mirando a su familia.

—Y tú, joven, protéjalo, quiéralo. De verdad, él tiene un aura muy clara, que cualquiera desearía dañar. Se nota que ustedes dos son el uno para el otro —le dijo la chica a Michael desde lejos.

—Siempre lo haré, no se preocupe.

Luego de varios minutos, retiraron las fotos impresas y regresaron a casa. Ya era tarde, así que decidieron acostarse de una vez, ya que, a la mañana siguiente, deberían hacer unas diligencias personales y los dos se quedarían solos en la casa.

—Michael, gracias por estar conmigo. Aún es loco e irreal pensar que mi novio es un ángel. Sinceramente, es probable que solo yo lo sepa —dijo Josué, cogiendo con fuerza el hombro de Michael.

—Josué, la chica…

—¿Cuál chica? —preguntó Josué, tratando de recordar entre las vagas imágenes.

—La del estudio fotográfico, tenía rastros de niebla púrpura. —Le sacudió un hombro para luego tomarlo de la cara.

—Fue muy gentil con nosotros.

—Debe de ser que algo maligno o negativo está detrás de ella y ha estado luchando desde su interior para no caer —respondió Michael.

—¿Qué debemos hacer? —preguntó Josué un poco asustado.

—Debemos protegerla. Toma tus cosas y vamos. —Se levantó con fuerza.

—¿Qué piensas hacer, Michael? No tengo ninguna arma como la que tienes tú —dijo Josué, mirando entre sus cosas y buscando algo que pudiera usar.

—Toma la lanza, ya puedes alzarla —mencionó Michael, extendiéndola hacia él con un gesto firme.

—Está bien, aunque aún es pesada para mí —respondió Josué, pero Michael lo miró fijamente.

—Tenme en tu mente, verás que todo será más fácil. —Sonrió con tranquilidad mientras colocaba una mano reconfortante sobre un hombro de Josué—. Salgamos por la ventana para no hacer ningún ruido al salir. Móntate encima de mí y agárrate fuerte. —Abrió la ventana con cuidado y lo ayudó a subirse a su espalda.

—¿Cómo la encontraremos en esta ciudad, Michael? —preguntó Josué con preocupación mientras miraba a su alrededor, tratando de mantenerse equilibrado sobre la espalda de Michael.

—No te preocupes, no hay muchos caídos aquí —respondió este con calma, aleteando con fuerza por el estrecho callejón.

—Quiero aprender más de ti y más sobre lo que pasó con ese beso en la playa —confesó Josué, su voz llena de curiosidad y anhelo mientras seguían adelante.

—Pronto, no te apresures; debemos seguir adelante con esto y con nuestra relación —aseguró Michael, deteniéndose brevemente para mirarlo con afecto antes de continuar.

—¿En serio eres mi novio? —preguntó Josué con incredulidad.

—Es en serio —respondió Michael con ternura, deteniéndose para tomarle una mano y entrelazar sus dedos—. Seguiremos el rastro que dejó. —Observó detenidamente el suelo mientras avanzaban por el callejón.

—¿Qué rastro? —preguntó Josué, frunciendo el ceño con confusión mientras lo seguía.

—Aún no lo ves, luego te enseñaré cómo es —prometió Michael, ofreciendo una sonrisa tranquilizadora antes de continuar avanzando.

—¿Estamos cerca de ella entonces? —preguntó Josué, mirando a su alrededor con cautela.

—Sí, y ya está en su casa. —Michael señaló un edificio oscuro en el horizonte.

—Pero estamos en un basurero, Michael —replicó Josué, arrugando la nariz ante el olor desagradable.

—El ángel caído debe de estar atrayéndola aquí —especuló Michael, examinando el entorno con atención mientras continuaban avanzando.

—Esperemos aquí a ver qué podemos descubrir —propuso Josué, buscando un lugar seguro para observar sin ser vistos.

Escondidos detrás de algunos basureros en ese lugar desolado por un largo rato, observaron cómo la chica parecía ser atraída por una figura de cemento ubicada en el centro del basurero. Lo extraño era que esta no emitía ningún resplandor característico de los caídos, ni reflejaba ninguna señal de su presencia oscura.

—Es extraño, ¿verdad? Se quedó allí un momento y luego, simplemente, se fue —observó Josué, frunciendo el ceño mientras miraba hacia la roca.

—Sí, pero parece que dejó algo detrás —respondió Michael, con una mirada penetrante—. Vamos a investigar.

Al llegar al lugar, se encontraron con una extraña colección de objetos dejados alrededor de la roca: figuritas, fotografías, juguetes rotos y otros artículos variados, que parecían abandonados por personas desconocidas.

—¿Qué crees que significa todo esto? —preguntó Josué, examinando los objetos con curiosidad.

—No lo sé, pero es inusual —respondió Michael, escudriñando los alrededores con atención—. La estatua en sí no parece representar ningún peligro inmediato. Voy a investigarla más de cerca. —Se agachó para examinarla con detenimiento—. Quizás pueda encontrar alguna pista.

Mientras Michael inspeccionaba la estatua, Josué observaba a su alrededor, tratando de encontrar algún indicio de lo que podría estar sucediendo. De repente, Michael levantó la vista con una expresión de sorpresa.

—Josué, ven aquí. ¡Mira esto!

Josué se apresuró a su lado y siguió la mirada de Michael hacia la figura tallada en la roca.

—¿Qué ves? —preguntó con curiosidad.

Michael señaló un detalle en la figura.

—Fíjate en esto. Hay un gran parecido con Gabriel.

Los ojos de Josué se abrieron de par en par.

—¡Es cierto! ¿Crees que Gabriel está involucrado en esto?

—Es muy probable —respondió Michael—. Parece que está utilizando esta estatua para influenciar a las personas de alguna manera. Debemos actuar rápido y destruirla antes de que cause más daño.

—¿Saben? Las estatuas no pueden hacer nada, pero yo sí —dijo una voz extraña detrás de ellos, haciendo que se giraran bruscamente hacia la fuente del sonido.

—¿Quién eres? —preguntaron, enfrentando a la figura misteriosa que se había materializado detrás de ellos.

—Yo antes solía ser humano, pero alguien dejó por error algo muy importante en este lugar —respondió la criatura, con una voz que resonaba con un tono de desdén hacia los humanos y los ángeles—. De allí viene el gran odio hacia ustedes los humanos y los ángeles que aún los protegen. Se creen los más santos, aun sabiendo que ustedes mismos han traído las grandes plagas al mundo.

—¡Cállate y dime qué te hicieron! —ordenó Michael, asumiendo una postura defensiva y colocándose frente a Josué para protegerlo.

—No, niño, soy un sabueso del Infierno —respondió la criatura con una mueca retorcida.

—¡Dinos quién eres, en el nombre de tu creador! —exigió Michael, apuntando a la criatura con su espada.

—Mi creador —murmuró con una risa siniestra, interrumpiendo el silencio.

—¿Quién te dio esas alas? —preguntó Josué desde atrás, observándolas con horror; tenía un aspecto similar a un perro grande.

—Estas alas son de un ángel tuyo, Michael; uno de los tantos que hay en el palacio —continuó la criatura—. Solo le arrancaron las alas después de asesinarlo brutalmente frente a mi cuerpo, después de que me arrancaran el corazón.

—¿A qué te refieres? —cuestionó el ángel, con una mezcla de incredulidad y preocupación en su voz.

—Bueno, están coleccionando corazones. ¿No estás enterado? Como ya no visitas el palacio, no sabes lo que ha sucedido en todo este tiempo. Estamos creando más de nosotros para ustedes —explicó la criatura con una sonrisa maliciosa—. Somos las piedras oscuras que antes solían implantar en cuerpos humanos para poder transformarlos en demonios. Pero ahora tomamos más fuerza cuando se arrebata el corazón de una escoria humana y es maldito por nuestro amo —respondió la criatura con una risa malévola que helaba la sangre.

—Lucifer —murmuró Michael, reconociendo la oscuridad detrás de esas palabras.

—Sí, el señor Lucifer ha comandado un ejército nuevo gracias a las enseñanzas de tu mejor amigo. Gabriel ha sido de mucha ayuda para el señor, sobre todo, ahora que en el palacio tienen a un caído —continuó la criatura. Escupió un líquido violeta que se evaporó al tocar el suelo.

—Entonces, ustedes son cuerpos creados a partir de las piedras oscuras de los humanos —dedujo Michael, llevándose una mano a la barbilla mientras reflexionaba sobre la revelación.

—Exacto, mi querido Michael. Y espero que tu amigo sea uno de los mejores, ahora que no está bajo la vigilancia de tu jefe —respondió la criatura, escupiendo con desdén al suelo.

—Yo no tengo ningún jefe. Así que dime tu nombre, o te lo arrancaré de tu lengua ahora mismo —advirtió Michael, avanzando con su espada en alto y una mirada desafiante.

—Pero dejemos la agresividad y te explicaré detenidamente quién y qué soy. Antes de que mi corazón fuera arrancado, solía ser un hombre expulsado por la sociedad, maltratado y lleno de odio. Gabriel, junto con algunos otros, estaba en las calles cercanas a este lugar y me atrajo hasta aquí, donde estaban colocando esta roca esculpida con su silueta. Yo, curioso, me acerqué tanto que me vieron y me advirtieron que, si no me alejaba, las consecuencias serían peores para mí —respondió la criatura, con una mirada penetrante que desafiaba a Michael a bajar su espada y escuchar su historia.

—¿Entonces, solo accediste a convertirte en eso? —preguntó Josué, frunciendo el ceño.

—Soy ahora lo que llaman un sabueso del Infierno. Solo sirvo para buscar a más personas, convertirlas en lo mismo y así obtener más piedras oscuras. Cuantas más personas ensuciamos, más oscura se vuelve mi roca —respondió con una mezcla de desesperación y desdén en su voz.

—Así, los ángeles caídos se vuelven más fuertes —agregó Josué desde atrás, conectando los puntos de la conversación.

—Exacto, tenemos un listillo aquí. Pero ¡qué lástima que tenga que matarte a ti y a tu amigo! Este secreto no puede ser conocido por nadie, menos por un simple humano —rugió la criatura con un tono amenazante.

—Cállate, engendro. No soy como tú, no permitiré que sigas haciendo daño a personas inocentes —respondió Michael, blandiendo su espada hacia la bestia.

—Michael, dame la lanza antes de que hagas algo —pidió Josué, anticipando el siguiente movimiento.

—Deja que juegue, Michael. A ver qué bien le has enseñado —intervino la criatura, burlándose de la dinámica entre los dos.

Michael, simplemente, tomó la lanza y besó a Josué, recordando el vínculo que compartían desde aquella vez en la playa.

—Un beso tiene el poder de despertar a una persona que ha permanecido dormida durante mucho tiempo, alguien que solo ha experimentado el afecto una vez. Esa experiencia le arrebató todo lo que tenía, su esperanza y su primer amor. Josué era el bisnieto más querido, concebido mientras en el Cielo se debatía sobre los ángeles enviados a la Tierra para protegerla. Uno de nuestros mejores ángeles designó a su sucesor después de dos generaciones: el primer varón de la primera hija recibiría un alma distinta, poderosa y destinada a llevar a cabo el desenlace de uno de los primeros casos en los que el palacio se vio involucrado en la mezcla entre la vida y la muerte.

Cada palabra pronunciada en ese momento resonaba como la voz de Dios mismo.

—Michael, en las palabras de los humanos, se esperaba que el pecado fueran ustedes. Pero, para mí, las leyes no fueron escritas con mi puño; se escribieron bajo el yugo de muchos que creían que el pecado debía pagarse con la muerte. Yo nunca ordené eso —mencionó la voz en la cabeza de Michael.

—¿Dios? —preguntó Michael con un murmullo casi inaudible—. ¿Por qué él? —murmuró.

—¿Por qué no él? No reclames, las cosas deben ser como deben ser. Él es él y fue creado de la misma forma que todos. Su energía solo se guardó en ti hasta hace poco —agregó la voz, complementando su propia pregunta.

—¿En mí? —Michael se volteó para mirar a Josué.

—Los misterios que pocos de ustedes conocen pronto se sabrán. Cada uno tiene una historia distinta, cada uno siente diferente; pero, sin duda, pueden enamorarse —expresó la voz de Dios en la mente de Michael.

—¿Qué es «enamorar»? —Dejó una pausa para continuar—. Ah, claro, es cuando dos humanos se quieren de verdad; ¿cierto? —respondió Michael en sus pensamientos.

—Sí, Michael. No podría decirte más; ya que estás en un trance, porque Josué está tomando energía del universo y esperando a que despiertes para que sepas qué cambio puede ofrecer gracias a ti —explicó la voz.

—¿Por qué estás tan calmado? —preguntó Michael, notando la serenidad de su Padre.

—Soy Dios, recuérdalo.

—¡Pero, Señor! —gritó Michael en su mente—. ¿Por qué él? —Sintió la necesidad de buscar explicaciones, mientras observaba el resplandor deslumbrante que emanaba de Josué.

—Ámalo, Michael. —Una voz resonó en su mente, suave pero firme, transmitiendo paz y certeza.

—Dios —murmuró Michael, sintiendo un nudo en la garganta mientras trataba de comprender lo que estaba sucediendo a su alrededor.

En ese instante, abrió los ojos lentamente. El espacio que lo rodeaba estaba envuelto en una atmósfera de calidez y luz, con un cielo blanco y luminoso extendiéndose hasta el infinito. Josué brillaba con una intensidad deslumbrante, su figura irradiaba un resplandor que dejaba sin aliento.

El sabueso, confundido por el fuerte resplandor, cayó al suelo, incapaz de soportar la intensidad de la luz.

De repente, unas alas majestuosas brotaron del cuerpo de Josué, atravesando el resplandor con una gracia celestial. Los ojos de Michael se abrieron desmesuradamente al encontrarse con la mirada de Josué; mientras que los de él brillaban con una luz divina, transmitiendo una mezcla de amor.

Las manos de Josué rodearon suavemente el cuerpo de Michael con una sensación de protección y calma, en medio del resplandor deslumbrante que los envolvía.

—Esto duele, Michael. —La voz de Josué resonó en su mente como una alerta enorme.

CAPÍTULO VII
EL TRAIDOR

—¿Te está doliendo, Josué? ¿Qué sientes? —preguntó Michael, con una profunda preocupación en su voz mientras intentaba tomarlo por los hombros.

—Es como una felicidad inmensa que me quema por dentro —respondió Josué, apretando las manos de Michael—. Cada parte de mi cuerpo se siente fuerte y tensa, como si estuviera esperando para saltar. Pero no siento mi corazón latir. Es como si no lo tuviera y algo dentro de mí me avivara como el sol. Es un cálido beso, como los que me das tú.

—¿Estás feliz? —preguntó Michael, sonriendo nerviosamente por la situación.

—Sí, estoy feliz con esto que cada célula de mi cuerpo está sintiendo —dijo Josué, intentando comprender cada espasmo que lo recorría.

Sus alas se abrieron aún más, revelando la silueta completa de su cuerpo. Su piel resplandecía de un blanco brillante como el sol y sus alas eran fuertes, grandes y fornidas, similares a las de Michael. Irradiaban luz y, alrededor del torso de Josué, había un gran cinturón dorado con un sol en el centro. En cada sección donde podría haber un artefacto, como en los cómics, unos números romanos marcaban las horas en la misma dirección de las agujas del reloj. En su mano sostenía una gran lanza, la cual había sido otorgada por Michael.

—Ahora, sabueso, ¿sabes lo que cada uno de los ángeles puede hacer? —preguntó Josué, sintiendo la energía del universo llenar su cuerpo.

—No, nunca había tenido el placer de destruir a uno. Pero, estando ciego, no puedo ni saber cómo es sentir eso —contestó la criatura.

Lentamente, Josué se acercó al sabueso, apuntando hacia él; pero el ente se esfumó en la niebla, que ahora era más densa.

—¡¿Dónde estás, desgraciado?! ¡Habla! ¿O quieres perder las alas? —gritó Josué, mientras Michael lo acompañaba sin intervenir.

—Si fuera tú, ¡estaría pendiente de mi espalda! —gritó la criatura, sin saber que Michael estaba detrás de Josué.

En ese instante, el sabueso intentó atacar a traición; pero los chicos se giraron, aprovechando el momento para atravesar su tórax y extraer la piedra oscura que contenía. El cuerpo sin alma del sabueso cayó y comenzó a calcinarse al tocar la tierra. Una niebla púrpura y un fuerte olor a muerte emanaron de la criatura desterrada, desapareciendo en el aire.

—¡Michael, destruye la estatua! —gritó Josué apresuradamente, volteándose al ver que esta brillaba con un color carmesí.

—¿Qué hacemos con la piedra? —preguntó Michael, confundido por todo lo que estaba percibiendo—. La piedra debe ser purificada, no destruida —corrigió, su voz cargada de urgencia y preocupación.

—¿Cómo lo haremos? —preguntó Josué, desesperado por encontrar la mejor opción rápidamente—. Debemos ir al Vaticano —sugirió, tratando de buscar soluciones rápidas. Michael negó con la cabeza y señaló que no era una buena idea involucrar a los humanos, ya que su intervención podría crear un caos—. Estás loco, Michael. ¡Algo debe haber en sus libros! —insistió, intentando que entendiera su plan.

—¿Pero cómo llegaremos? Solo tenemos una noche más en este sitio y estamos muy lejos de Europa —respondió Michael, tratando de disuadirlo.

—Debemos cuidarla y buscar la manera. Hay un alma aún en ella —dijo Josué, sintiendo cómo la misma roca palpitaba en sus manos.

—¿Estás loco? Esa alma se pierde en el momento en que se convierte en una piedra oscura —replicó Michael, levantándose rápidamente para sentirla.

—No, Michael, no es así. Mírala fijamente, acércate aquí y mírala —insistió Josué, pasándole la piedra con sumo cuidado.

—Oye —tartamudeó el arcángel, observándolo de arriba abajo—, estás muy lindo así.

—Gracias, pero esto es un poco más importante ahora mismo que hablar de mi apariencia —contestó Josué, un poco molesto.

—Está bien —aceptó Michael, reconociendo que no era el momento para hablar de lo que veía y sentía por él—. Es más como un cristal, en vez de ser una roca, como pensaba que era. —Observó detalladamente la piedra oscura.

—Mira más a fondo —le reprochó Josué, señalando dónde debía observar.

—Es traslúcida y exhala la niebla púrpura, pero hay algo allí brillante y blanco —dijo Michael, abriendo bien sus ojos.

—¿No escuchas el sonido? —preguntó Josué, intentando hacer el menor ruido posible para que Michael pudiera captar el débil susurro.

—¿Cuál? —respondió Michael, pero Josué lo silenció con un gesto.

—¿No lo oyes? Está gritando «auxilio». —Michael lo observó, incrédulo.

—Pero no la oigo. ¿Y si es mentira? —replicó, dudando de lo que Josué decía.

—Debemos intentarlo —insistió Josué, procurando que se concentrara en el débil sonido.

—¿Por qué no tuviste miedo de destruir al sabueso? —preguntó Michael, intentando cambiar el tema de conversación y evitar escuchar algo que no podía.

—La energía que recorre mi cuerpo solo la he sentido cuando me besas. Me hace sentir especial, fuerte y con vigor; por eso no tuve miedo de hacer lo correcto. Además, sabía que me ibas a proteger. Gracias por dejarme intentarlo —dijo Josué, tomándole las manos con firmeza.

—Lo bueno fue que no pasó nada más. Ayúdame ahora a destruir la estatua, porque me quedé mirándote como un idiota —respondió Michael, volviendo la vista a la estatua, que brillaba aún más intensamente. Su carmesí inundaba el ambiente como un cerillo encendido en la tundra.

—¿Por qué ahora eres más lindo conmigo? —preguntó Josué, un poco confundido mientras miraba la estatua.

—Porque ahora eres igual que yo —respondió Michael, más serio que de costumbre.

—Bueno, ¿sabes? Quiero intentar hacer algo con esta piedra oscura —dijo Josué con un aire de inocencia, agarrándola con firmeza.

Michael lo observó con una mezcla de preocupación y curiosidad.

—¿Qué tienes en mente? —preguntó, consciente de la energía que Josué ahora poseía.

—Creo que puedo purificarla. Siento que dentro de mí hay una luz que puede hacerlo —respondió Josué, sus ojos brillantes.

Michael asintió lentamente.

—Está bien, confío en ti. Pero ten cuidado. —Se preparó para cualquier eventualidad.

Josué cerró los ojos, concentrándose en la piedra. Un resplandor blanco comenzó a emanar de su cuerpo, envolviéndola. El brillo carmesí empezó a desvanecerse, siendo reemplazado por una luz pura y resplandeciente.

—¿Por qué te estás arrancando plumas? —preguntó Michael a Josué, observándolo mientras la luz envolvía la piedra en una mano y, con la otra, las arrancaba.

—Para envolverla. No quiero cargarla con mis manos —respondió Josué, consciente de que su gesto podría cambiar el destino de las almas condenadas a sufrir en estos envoltorios infernales, haciéndolas arder por los siglos de los siglos.

Poco a poco, envolvió la roca con las plumas. Extrañamente, estas no se tornaron violetas, ni se oscurecieron al tocar la piedra; algo inusual, ya que siempre se manchaban junto a un pecado.

—Solo imaginé cómo sería, pero quedó bien. La niebla dejó de salir —dijo Josué, sonriendo al ver que su experimento había funcionado.

—Déjame enseñarte algo avanzado. —Michael lo cogió de la mano para que viera lo que quería hacer.

—A ver, señorito, ¿qué me enseñarás? —preguntó Josué, observando cómo se acercaba lentamente hacia la estatua frente a ellos.

Michael se sentó encima de ella, abrió las alas, nombró a Dios y, junto a esto, tomó su espada con las manos en forma de oración. Luego la clavó en la mitad de la estatua. Un gran sello se iluminó, levantándola del suelo, granulando y pasando como un escáner.

Cada parte fue destruida. Al terminar, Michael quedó flotando en el sitio donde se había sentado. Cuando el proceso concluyó, cayó una pieza pesada. Tenía la misma forma de la estatua, pero en versión pequeña y hecha de cristal.

—¿Qué es esto? —preguntó Josué, recogiéndola y examinándola detenidamente.

—Es la esencia purificada de la estatua —explicó Michael, aún flotando con sus alas extendidas—. Ahora contiene la pureza del alma atrapada dentro, libre de cualquier influencia demoníaca.

Josué sostuvo la figura, sintiendo una calidez que lo llenaba de esperanza.

—¿Qué hacemos con ella ahora? —Miró a Michael con una mezcla de curiosidad y admiración—. ¿Por qué, a pesar de pulverizar toda la estatua, se volvió de cristal? —Ese cristal nunca podría ser creado por manos humanas.

—Porque no podemos destruir nada realmente. Solo lo devolvemos a su estado original o lo purificamos, como hicimos con esta estatua. Además, es un buen regalo para tu mamá. Está limpia, es como si nunca hubiera estado maldita —respondió Michael, descendiendo lentamente al suelo con las alas extendidas.

—Deberíamos irnos, ya es bastante tarde —añadió Josué, notando lo desolado y oscuro que se había vuelto el entorno.

—Eh, ¿has mirado cómo estás? —dijo Michael, sonriendo.

—Pues como siempre. Vámonos —respondió Josué, sin entender la broma del arcángel y comenzando a caminar.

—Aún eres un ángel. —Josué se detuvo en seco al escuchar sus palabras.

—¿Cómo qué aún soy un ángel? —Se volteó sorprendido.

—No te preocupes, así te ves hermoso —dijo Michael, agitando una mano.

—Michael, no bromees. ¿Qué voy a hacer con mis padres? —dijo Josué, preocupado, tocando sus alas desesperadamente y moviéndose en círculos, tratando de jalarlas.

—Vámonos primero a la casa y, luego, resolveremos —respondió Michael, agitando las suyas y creando una ráfaga, que empujó suavemente a Josué hacia adelante.

—Está bien; pero, en serio, ¿cómo voy a explicar esto? —dijo Josué, empezando a caminar junto a él e intentando calmar su nerviosismo.

—No te preocupes, encontraremos una solución —dijo Michael con firmeza—. Confía en mí.

—¿Pero qué les diré a mis padres? —preguntó Josué, visiblemente preocupado mientras se miraba de arriba abajo.

—Entremos por la ventana. Lo bueno es que ya puedes volar ahora y, al menos, sabemos cómo despertaste este lado tuyo —añadió, admirando su figura angelical.

—Vámonos, Michael. Debemos buscar la manera de volverme a la normalidad —dijo Josué, tambaleándose al alzar el vuelo.

Volaron hacia la morada en la playa. Desde las alturas, las luces de la pequeña ciudad cerca del mar brillaban con una intensidad serena. Cada una parecía más brillante que la anterior, y el sonido de las olas rompiéndose contra los muros de roca firme resonaba en el aire. Era curioso ver cómo cada gota de la llovizna marina caía sobre las alas de los ángeles; las traspasaba sin mojarlas, escurriendo libremente sin retener ninguna humedad.

El vuelo fue tranquilo, aunque Josué luchaba por mantener el equilibrio. Michael, experimentado y sereno, lo observaba con una mezcla de orgullo y preocupación.

—Vamos, ya casi llegamos —dijo Michael, señalando la casa en la playa.

Aterrizaron suavemente en el jardín trasero. La ventana de la habitación de Josué estaba entreabierta, permitiendo que entraran sin hacer ruido. Michael lo ayudó.

—¿Cómo te sientes? —preguntó en voz baja.

—Nervioso —respondió Josué, aún preocupado por cómo enfrentaría a sus padres.

—No te preocupes, encontraremos una solución. Pero primero descansemos. Mañana será otro día y tendremos más claridad.

Josué asintió, un poco más tranquilo con las palabras de Michael. Sabía que no estaba solo en esto y que, juntos, encontrarían la manera de resolver todo.

—¿Sabes, Michael? No puedo traducir lo que siento. Es como si las sensaciones que tengo ahora fueran diferentes, como si no estuviera aquí, como si mi cuerpo no perteneciera a este mundo.

¿Cómo lo sientes tú? —preguntó Josué, lanzándose al suelo y estirando sus alas.

—Desde que Dios me creó, solo he sentido una cosa, y es el gran vacío del universo —respondió Michael, mirándolo—. Créeme, a pesar de ser omnipotente, Dios nos ha creado con carencias. Y no necesariamente estoy hablando de una meta fija. La nuestra es infinita, algo que debemos hacer; no como los humanos.

—Entonces, ¡la respuesta es «no»! —Michael ocultó su apariencia de ángel.

—Josué, ahora todas las respuestas del universo y de la creación están en tu mente y solo tú lo sabrás —dijo Michael, señalando su propia cabeza—. Todos los ángeles conocemos la verdad sobre las cosas de Dios, pero se nos ha prohibido pasarlas a los humanos directamente. —Miró el suelo.

—Quiero serte muy sincero sobre algo que siento. El tiempo que hemos pasado y cómo he crecido…, bueno, lo siento así —dijo Josué, divagando un poco—. Sé que, a pesar de mi edad, he tratado de llevar esto de la manera más madura, pero tú sabes que puedo. —Se colocó en posición de loto.

—No me hables de cuando eras un niño. —Michael dejó un silencio incómodo antes de proseguir—. Tu abuela te metió esos sueños en la cabeza.

—No deberías hablar así de ella. Tú mismo dijiste que ella puso esto en mí. —Josué se señaló a sí mismo.

—Hablemos de algo diferente —dijo Michael, levantándose con brusquedad—. Luego lo sabrás y, además, ya estamos aquí. ¿Estás cansado?

—Un poco desorientado, sí, pero agotado para nada. —Josué se levantó tambaleándose por el peso de sus propias alas.

—Bueno, cierra tus ojos e imagínate en tu misma forma de siempre. Déjate llevar —dijo Michael, tratando de que imitara lo que él mismo hacía para transformarse en humano.

—¿Crees que funcionará? —preguntó Josué, abriendo un ojo.

—Confía en mí. —Le cubrió ambos con sus manos.

En cuanto Michael terminó de hablar, Josué cerró los ojos y recordó todos esos momentos junto a su familia y esas sonrisas. A pesar de tantas cosas que habían sucedido, su niñez fue buena. No como la de los demás, pero sí para sentirse afortunado de lo que estaba ocurriendo ahora.

Sus alas se cerraron y un brillo entró nuevamente en él. Era como una reflexión de luz invertida: en vez de salir, era al revés. La luz que sus alas y su cuerpo transmitían empezó a entrar en él. Michael, sorprendido, solo miraba lo que estaba sucediendo y, no obstante, se mantenía atento a que nadie entrara en la habitación.

Josué sentía cómo cada rayo se fusionaba con su ser, como si estuviera absorbiendo la energía que irradiaba. Poco a poco, sus alas desaparecieron y su cuerpo volvió a su forma humana. Abrió los ojos y miró a Michael con alivio.

—Es diferente de como lo imaginaba —dijo una leve voz en la mente de Michael—. Me sorprende que su cuerpo siga intacto luego de tanto tiempo con ese aspecto. —Era Dios. Michael asintió, sintiendo que su Padre lo observaba directamente.

—¡Josué, despierta! —exclamó Michael, agarrándolo para evitar que se golpeara contra el suelo.

Josué abrió los ojos asustado, aferrándolo con fuerza.

—¿Qué? ¿Qué ha pasado?

—¿Te acuerdas de lo que sucedió? —preguntó Michael, insistiendo en que se calmara.

Josué miró a su alrededor, pero todo lo que veía eran luces y vagos recuerdos en su mente.

—Poco, creo —respondió sin ninguna expresión.

—No importa, ¿estás bien? —preguntó Michael, tratando de aparentar calma, como si todo estuviera bien. Josué se tomó un momento para evaluar cómo se sentía.

—Sí, creo que estoy bien. Solo... confuso. ¡Todo se siente tan... irreal! —tartamudeó. Michael sonrió suavemente.

—Es normal. Has pasado por algo extraordinario. Pero lo importante es que estás aquí y estás bien. Perfecto, Josué. Acuéstate y descansa un poco. Tu cuerpo necesita sanar las heridas. —Lo ayudó a recostarse en la cama.

—No siento ninguna herida; pero tengo el cuerpo cansado, como si hubiera hecho mucho ejercicio —respondió Josué, dejando escapar un bostezo gigantesco. Michael sonrió con ternura.

—Es normal. Has pasado por una transformación increíble. Tu cuerpo y tu mente necesitan tiempo para recuperarse.

Josué asintió, acomodándose en la cama.

—Gracias por todo, Michael. No sé qué haría sin ti.

—Siempre estaré aquí para ti —respondió Michael, suavemente, acariciándole el cabello—. Ahora cierra los ojos y descansa. Mañana será otro día y estaremos listos para lo que venga.

Josué cerró los ojos, sintiendo la seguridad y el consuelo que le brindaba Michael. En pocos minutos, se dejó llevar por el sueño profundo y reparador.

Michael se quedó a su lado, vigilando y asegurándose de que estuviera a salvo. Observó cómo la respiración de Josué se volvía tranquila y regular, y una paz lo envolvió.

Mientras tanto, en el Infierno, el bullicio era incesante. Los demonios se preparaban en cada círculo para desencadenar el caos en la Tierra, anticipando que Gabriel dirigiría la guerra. Babilonia se teñía de rojo con la sangre de cada pecador que había pisado el suelo sulfurado de esa tierra maldita y llena de desgracia.

—La gran Babilonia crecerá y arremeterá contra la Tierra. No solo liberaremos las almas del purgatorio, sino que también romperemos las barreras entre los reinos —proclamó Lucifer, con una voz que resonó a través de todos los círculos del Infierno—. Dios cree que hemos olvidado el día en que me lanzó a las fosas de este mar de llamas.

Sus palabras encendieron a la multitud. Las almas ardientes, atrapadas en un fuego perpetuo, aplaudieron y gritaron con voces turbias; un coro infernal vibraba con odio y desesperación.

—¡Viva Lucifer! ¡Viva Satanás tanto sobre los Cielos como en el Infierno! —El clamor de las almas condenadas se alzó, una cacofonía de adoración y rebelión.

En medio de esta preparación para la guerra, se encontraba Lucifer, observando desde su trono de sombras. Sus ojos brillaban con un fuego infernal mientras contemplaba el caos organizado de su reino. Sabía que el momento de atacar estaba cerca y una sonrisa cruel se le dibujó. La Tierra, con sus habitantes desprevenidos, pronto conocería el verdadero significado del terror.

—Yo, Lucifer, Estrella de la Mañana, les prometo que declararé la guerra a mi Padre. —Su voz reverberó a través del Inframundo—. Pelearé junto a mi hermano Gabriel por el trono y el Libro de la Vida.

—Recuerda, Lucifer, tu hermanito Gabriel ha servido a Dios todo este tiempo. ¿Por qué ahora le das acogida? —preguntó un lacayo del Infierno, su voz cargada de duda y desconfianza.

Lucifer, el rey del Infierno, giró su mirada hacia el demonio que había osado cuestionarlo. Sus ojos ardían con un fuego antiguo y su voz resonó con una furia controlada.

—Michael fue quien me traicionó. Yo di la cara por la intención de no servir a la raza humana, tan tosca, tan primitiva. ¿Cómo podríamos nosotros, los guardianes de todo lo creado por Él, permitir que esa creación inferior pisoteara lo que nos pertenecía? Ellos robaron mi luz, esa que solo tenía para nosotros y para mí. ¿Tienes rabia, Gabriel? Caíste como yo lo hice y, ahora, estás ante mis pies —reprochó Lucifer, sus ojos brillando con un fuego intenso mientras miraba a su hermano caído—. Pronto tendré el Cielo ante mí y haré que cada uno de nuestros hermanos sea una clave crucial para traer la verdad a la Tierra. Recuerda que, aunque hemos caído, nosotros los celestiales poseemos el conocimiento del todo.

Gabriel, arrodillado y con la cabeza baja, respondió con una voz cargada de humildad y, por primera vez, vulnerable:

—Mi señor, te imploro que me dejes acompañarte en esta ardua guerra. Triunfaremos y prometo protegerte de todo daño.

Una risa tosca y malévola salió del cuerpo oscuro de Lucifer, su silueta apenas visible ante el altar de muerte y desesperación. Las llamas a su alrededor crepitaban con mayor intensidad, como si se alimentaran de su malévola energía.

—Las llamas están subiendo y pronto la grieta de la Tierra se abrirá —continuó Lucifer, su voz resonando en el Inframundo—. Pronto tendremos el sacrificio que estábamos esperando para poder entrar y gobernarla. Pronto, hermano, hundiremos a la humanidad en sangre y sufrimiento. —Su risa malévola resonó en la vasta oscuridad del Infierno.

Los demonios y las almas condenadas a su alrededor coreaban sus palabras, un eco de desesperación y maldad se extendía a través de las profundidades infernales. La promesa de un nuevo orden, un reino de terror y destrucción se cernía sobre ellos, y la guerra por el trono celestial se vislumbraba en el horizonte.

—Lucifer, tenemos que empezar a mandar las hordas a las puertas en el momento indicado. Deben entrar en la Tierra lo antes posible —instó el pequeño demonio que mantenía a Gabriel atado con cadenas.

—Ya no hay nadie que proteja la Tierra y su entrada ya no estará sellada por mucho tiempo. El Cielo está empezando a colapsar con la caída de Gabriel —anunció Lucifer.

En el Cielo, el caos se apoderaba de sus palacios, mientras la ausencia de Gabriel dejaba a muchos ángeles desorientados y perdidos en las densas nieblas del Paraíso prometido. Sin la guía de su líder, algunos se encontraban indecisos sobre cómo proceder; otros buscaban desesperadamente alguna forma de restablecer el orden.

Las jerarquías celestiales se tambaleaban, y la incertidumbre se extendía entre las filas de los ángeles que habían perdido su rumbo. Las voces de disensión y preocupación resonaban en los pasillos celestiales, mientras los serafines y los querubines intentaban mantener la calma entre sus compañeros.

En medio de esta confusión, algunos ángeles se unían en pequeños grupos para tratar de encontrar una solución; otros, simplemente, aguardaban instrucciones que nunca llegaban. La falta de liderazgo dejaba un vacío en el Cielo, y el tiempo corría mientras el destino de los reinos celestiales pendía en la balanza.

—Rafael, ya que estás ocupando la posición que anteriormente tenía Michael, debes tomar el control del coro celestial. Debes mover el Espíritu Santo sobre cada templo en el nombre de nuestro Padre. No olvides que nuestra única misión era proteger ante todo a la humanidad —dijo la máxima autoridad, reuniendo a todos los arcángeles encargados de las almas de la Tierra.

—Uriel, ¿debemos seguir con el plan de Dios? —preguntó Rafael.

—¿Estás cuestionando el mandato divino? —dijo otro arcángel.

—No, no —respondió Rafael, dejando en claro con sus alas que no estaba cuestionando las órdenes del jefe, mientras mantenía la mirada sobre Uriel.

—Debes hacer caso omiso a todo lo que está sucediendo. Los relojes han sido eliminados para poder ir a la Tierra cuando sea necesario, con el tiempo preciso para hacer lo que debemos —dijo la máxima autoridad.

—¿Estás hablando de que el mandato del tiempo fue revocado? ¿Y desde hace cuánto tiempo sabías eso? —preguntaron los arcángeles al unísono, mirándola directamente.

—Michael Malevich fue el primero en obtener dicho permiso, y todo es por el humano al que protege —contestó la máxima autoridad, señalando el ala en la que Dios se encontraba en el Cielo.

—¿Qué tiene Michael de especial y por qué Dios solo le permite a él? —preguntó Rafael.

—No entremos en discusión, Rafael. Debemos tomar la batuta —dijo la máxima autoridad, levantándose y mandando a volar los relojes del tiempo sobre los arcángeles.

—Uriel, esto será el fin de lo que conocemos de la humanidad. Sus almas están en peligro y el tiempo se agota —dijo Rafael, alterado por lo que se estaba proponiendo en pocas palabras.

—¡El coro celestial debe reunirse en el salón! —retumbó el Edén del Cielo en voz alta. Todos los arcángeles y sus cuerpos de coros se sentaron en fila, llenando el gran salón.

—Los hemos convocado con el propósito de informarlos de que los días de la Tierra han llegado a su fin y pronto comenzará su purificación —dijo la voz de la máxima autoridad.

La multitud de ángeles se levantó alarmada, preguntando por qué se había tomado tan precipitadamente la decisión de acelerar el Apocalipsis, ya que la Tierra aún no estaba preparada para tal desastre. Todos murmuraban, señalando a la máxima autoridad.

—Todos son partícipes de esto y el Señor ya ha tomado su decisión —dijo la máxima autoridad, mirando el ala de Dios.

El salón resonó con su voz:

—¡Todos y cada uno de ustedes son siervos de Dios, y aquel que se oponga a esto debe perder sus alas y caer! —silenció a los ángeles que no entendían lo que se estaba proclamando.

—Con su permiso, máxima autoridad, tomaré la palabra —dijo Uriel con respeto.

—Uriel, nunca has hablado en nuestras conversaciones. ¿Qué ha cambiado? ¿Qué deseas? —preguntó la máxima autoridad, mirando al arcángel.

—Con todo respeto, todos estamos preparados para eso, pero la humanidad aún no lo está. Creo que todos en esta sala tenemos la voz para evitar que esto suceda —dijo Uriel en voz baja.

—¿Qué quieres hacer? ¿Evitar una catástrofe, o perder tus alas por oponerte al mandato del Señor? —preguntó la máxima autoridad.

—Para nada, autoridad. Además, yo solo quería proponer una decisión diferente, algo que nos ayude a conseguir más tiempo para evitar esto. —Uriel se sentó lentamente entre murmullos.

—¿Qué quieres decir? ¿Y cómo evitaríamos un mal que el mundo necesita para ser limpiado? —murmuró la máxima autoridad.

—Si eso llegara a pasar, todos nosotros… —murmuró Zadaquiel.

—¡Desaparecerían! —gritó la máxima autoridad, burlándose de los arcángeles—. Amigo mío, para que Dios siga gobernando, debemos dejar de existir para eliminar toda maldad del universo —dijo, dejando claros los puestos de mando.

—¿Qué quieres decir con eso? —preguntó un arcángel.

—Todos ustedes, a pesar de ser a semejanza de nuestro creador, tenéis esa semilla que Lucifer os infundió —reveló la máxima autoridad ante todos los presentes.

—Espera, ¿Lucifer hizo eso? —dijo Zadaquiel, levantándose de su lugar.

—Todos sabemos que Lucifer es y fue uno de los arcángeles primordiales en este coro celestial. Cada uno de nosotros le teníamos que rendir tributo a cada acción que hacíamos. Ahora, al no estar la luz, no tapa la oscuridad por completo; solo hace que se esconda, y ese resplandor que él alejaba de nosotros lo arrebató —respondió Uriel a la pregunta de su compañero.

—¿Están queriéndonos decir que el culpable de todo esto es Lucifer? —dijo Rafael, exaltado.

—Sí, es culpa de nuestro hermano —contestaron los arcángeles.

—Sabía que Lucifer se había ido por querer ser igual que nuestro Padre. Su rebeldía y su avaricia hicieron que Dios lo expulsara de aquí; pero él no es capaz de hacer eso —Samuel intervino en el debate—. No conociste a Lucifer lo suficiente como para saber que nuestro Padre comprendió, luego de ver lo lejos que él pudo llegar por su egoísmo. —Se llevó las manos a la cabeza.

—Pero… —replicó Rafael con mucha rabia—. ¡De todas maneras, las alas de Lucifer están aquí, en nuestro panteón!

—¡Y nunca deben ser retiradas de su cárcel! —gritó la máxima autoridad.

—Eso lo sabemos, autoridad, pero ¿qué debemos hacer ahora? —preguntaron los arcángeles, mirándola y enrojeciéndose.

—Esta reunión con todos ustedes ha sido para informarlos de que el preparativo del Apocalipsis está a punto de comenzar —anunció la máxima autoridad con mucha calma, para evitar dar más información. Mandó salir a todos del recinto, dejando en claro que no hablarían más sobre el tema.

Una voz profunda y grave resonó entre los sonidos de la noche en la mente de Michael:

—Hijo mío, soy tu Padre; no dejes de hablarme, necesito saber cómo está el chico; no lo dejes solo, él te necesita.

Michael no sintió miedo al escuchar nuevamente a su Padre hablarle; pero se despertó de golpe, se levantó y movió un poco a Josué.

—Padre, te he extrañado en pensamiento. Sé que lo sabes porque me lees en cada paso —respondió Michael.

La voz resonó con un tono más paternal:

—El Libro de la Vida lo tiene todo, pero quedan muy pocas páginas y ya no hay nada más que escribir. El tiempo se está acabando.

—Padre, protegeré al chico, sin importar lo que suceda conmigo. No lo dejaré solo y no permitiré que le ocurra nada, hasta que pueda llevarlo hasta ti —dijo Michael, tomando una mano de Josué.

—El tiempo pasa, y las cadenas que tuvieron a Lucifer en la Tierra ya no son las mismas. El desgaste por la falta de fe ha debilitado sus cimientos y ha comenzado a recorrer las entradas a pasos cortos. Lo ha hecho, yo lo he visto —dijo aquella voz con mucha preocupación.

—¿Has hablado con él? —preguntó Michael a su Padre con recelo.

La voz carraspeó para responder:

—Hijo, Lucifer no quiere perdonarme.

—Eres Dios, él te buscará en el último momento —dijo Michael, trayendo un gran alivio a aquella presencia.

—Hijo, prométeme que volverás sano y salvo.

—Lo prometo, Padre —respondió Michael, haciendo un gesto hacia el Cielo.

Por otra parte, en el Infierno, estaban preparando a los sabuesos para comenzar a abrir las entradas sobre la Tierra.

—Debemos llevar más sabuesos, a ver si son capaces de retenerlos —dijo Gabriel, arrastrando al pequeño demonio sometido por el arcángel caído.

—¿A quiénes vamos a incrustar nuestro veneno, Gabriel? —preguntó aquella criatura.

—Debemos hacer las cosas de una manera peor, donde les duela y a quienes les duela... Su familia debe ser un punto frágil para ellos en este momento —dijo Gabriel, guiñando un ojo al pequeño—. Judas, tú debes de saber de traición. Te he sacado del último círculo para que nos ayudes.

Empujó la piedra enterrada en uno de los últimos escalones del Infierno, despertando a su encarcelado. Aquella cara petrificada abrió los ojos y respondió a la voz de Gabriel:

—Siempre supe que estaría enredado en esto del fin del mundo.

CAPÍTULO VIII
PACTO CON EL DEMONIO

—Estabas hecho de piedra y, a cambio, tendrás que trabajar por mí. Ganarás plata, tus monedas de plata de vuelta —dijo Gabriel, mientras rompía las cadenas que mantenían a Judas en su prisión. Con un movimiento brusco, lo levantó del suelo y lo lanzó contra la pared.

Judas escupió un líquido viscoso y miró a Gabriel con desdén.

—Pero no por eso voy a traicionarte, Gabriel. Fui capaz de traicionar al hijo de tu padre, pero contigo no lo haré —respondió el traidor más infame de la historia. Lo observó detenidamente antes de preguntar—: ¿Cómo haremos para convertir a esos humanos?

—Traigo algo especial para ti —dijo Gabriel mientras Judas se desempolvaba el traje lleno de tierra—. Debes usar tus monedas. Recuerda que eran treinta. Usarás dos y el pago por tus servicios serán las otras veintiocho. Quedarás libre de tu pena. —Gabriel se las entregó, esperando que no lo traicionara al sentir su peso.

—¿A quiénes debo darles mis monedas? —preguntó Judas, observándolas con interés.

—Debe ser a la familia del chico. Son la única cosa que lo mantiene atado a la Tierra. Si logramos destruir eso, caerá en desesperación y podrá quebrarse —dijo Gabriel, mostrando una malévola sonrisa—. Judas, espero que no me defraudes con esta labor. —Le apretó el cuello con una mano. Judas sonrió con ironía—. Probé tu alma cuando te encontré.

—No te preocupes, «amo» —dijo Judas burlonamente—. Él no sabrá con quién está tratando. —Tomó las monedas una por una, aceptando el trato con el arcángel caído—. Además, ¿cómo encuentro a su familia? —preguntó mientras se dirigía hacia la salida del círculo, lanzando una mirada interrogativa a Gabriel. Este lo miró con intensidad.

—Te daré la información que necesitas. Búscalos cerca de la costa del país más corrompido en la zona sur de la Tierra. Ellos son la clave para quebrar al chico. No falles, Judas. Esta es tu única oportunidad de redención.

Judas asintió, entendiendo la gravedad de la misión.

—No fallaré, Gabriel. Esta vez no.

—Las monedas te indicarán cómo llegar a ellos, ya las encanté. Recuerda: si no haces lo que te digo, pobre de ti —avisó Gabriel, viendo cómo Judas partía sin ni siquiera sentir el peso de cada círculo del Infierno.

Luego de un largo tiempo de caminata, Judas, finalmente, llegó a la casa de la playa. Ya no era el que todos conocían, a pesar de que la soga había puesto fin a su vida. «Mi pena debe acabar. Esto es lo que debo hacer para ganarme la libertad».

Se detuvo frente a la puerta, observando la fachada de la casa con curiosidad y desasosiego. «¡Ha cambiado tanto la humanidad en todo este tiempo!», murmuró para sí. «Ni siquiera sé en qué siglo estamos».

Con un profundo suspiro, levantó una mano para tocar la puerta, su mente llena de incertidumbre sobre quién o qué podría encontrarse al otro lado. «Debo ver si están aquí», pensó mientras sus nudillos golpeaban la madera, el sonido resonando en la quietud del entorno. Mientras esperaba, los pensamientos de Judas se arremolinaban. «Si cumplo con el trato, seré libre al fin».

—¡Michael, no dejes que mi mamá o mi papá abran la puerta! —gritó Josué, sintiendo el aura oscura detrás de ella.

—Espera, ¿qué está pasando? Dime —preguntó Gloria, volviéndose bruscamente sin soltar el picaporte, a punto de abrirla para el forastero.

—¡Corre, Michael! —gritó Josué, mientras este se colocaba rápidamente frente a ella.

—¡Lo siento, señora! —murmuró Michael mientras chasqueaba los dedos—. Duerme.

Con un suave chasquido de sus dedos, Gloria cayó al suelo, dormida. En ese momento, Mario apareció corriendo hacia ellos.

—Michael, ¿qué hiciste? —preguntó alarmado; pero, antes de que pudiera reaccionar, Michael también lo sumió en un profundo sueño con otro chasquido de dedos.

—Baja, Josué, necesito que me digas qué está pasando —ordenó, conjurando un escudo alrededor de la casa.

Josué bajó corriendo, su rostro pálido por el miedo.

—No te preocupes. He protegido la casa —dijo Michael, concentrándose en reforzar la barrera.

—¿Quién está afuera? —preguntó Josué con voz temblorosa.

—Es un ser que emana el mismo veneno que corría por la sangre de Gabriel —respondió Michael, manteniendo la vista fija en la puerta.

—No lo sé, es la misma sensación que Gabriel daba cuando lo vimos... No podemos permitir que eso entre. Hay mucha maldad en ese ser que está afuera —dijo Josué, llevándose una mano a la barbilla.

Michael dejó atrás su apariencia humana, desplegando sus alas y levantando sus manos al cielo.

—Señor, no dejes que nada entre a esta casa. Protege nuestro lugar y no permitas que nos hagan daño. Cubre este hogar con tu manto y danos la fuerza para luchar contra esa maldad —murmuró, cortándose la mano derecha con una pluma.

—Michael, ¿por qué te cortaste? La sangre se está moviendo a cada rincón de la casa. ¿Qué está pasando? —preguntó Josué, mirando con asombro la insólita hazaña de su amigo.

—Recuerda que soy un ángel creado por Dios. Por mí corre su sangre; es lo único que puede protegernos, más que cualquier conjuro antiguo que sepamos —respondió Michael, dejando caer unas gotas doradas al suelo.

Afuera, una macabra voz tosió, seguida por un inaudible sonido.

—Abran esta maldita puerta. Dejen que les brinde su abrazo de bienvenida —dijo Judas, golpeando con fuerza la madera. Josué se colocó frente a Michael, decidido a enfrentarse al intruso.

—¿Quién eres? No queremos que estés aquí —dijo Josué con firmeza en su voz. Michael lo tomó y lo apartó, susurrándole al oído:

—Mantente en silencio. No debe saber que estás aquí.

—¿Qué quieren de mí? —preguntó Josué, intentando hacer que Michael le explicara bien la situación.

La voz del forastero se volvía cada vez más aterradora con cada segundo que pasaba.

—Niño, tu abuela te está buscando y quiero que la vuelvas a ver —dijo aquella figura oscura que se dibujaba con la luz a través de la ventana opaca de la puerta. Josué, al escuchar aquello, abrió los ojos y miró directamente a Michael, susurrando:

—¿Mi abuela? Es una mentira.

Michael asintió al chico y, antes de que pudiera decir algo, prefirió acercarse más a su cara. Lo besó.

—Debo estar pendiente; esto nos va a ayudar —susurró Michael.

Los ojos de Josué se volvieron de un azul brillante y su cuerpo comenzó a recubrirse de una reluciente luz blanca. En un instante, empezó a transformarse en su forma angelical: su cabello, su cuerpo y su ropa cambiaron, revelando la verdadera naturaleza de Josué como un ángel.

—Michael, el individuo tras esa puerta es Judas —explicó Josué, su aura celestial irradiaba una luz diferente de la de cualquier ángel en el Cielo.

—¿Judas? ¿El traidor? —Michael se mostró sorprendido. Hasta ese momento, tenía entendido que seguía encerrado en el último círculo del Infierno junto a los otros traidores de Dios. Josué asintió con una expresión grave.

—Sí, Michael. Es él. Pero me pregunto: ¿no estaba petrificado en los círculos del Infierno? —Josué dejó entrever que, a pesar de su nuevo poder, todavía no podía recordar completamente la historia que yacía en la sangre de un ángel.

—Sí, pero el único que tenía ese poder para romper la roca del Infierno es Gabriel. Tuvo que haberlo sacado de allí por algún propósito —dijo Michael, intentando entender por qué el plan de Gabriel ahora era buscar a Josué.

Este estaba bastante nervioso, a pesar de su apariencia angelical, pero Michael lo tomó de los hombros y lo volvió a besar.

—Josué, debemos montar un plan para acabar con él. Vino con una meta y un trabajo que debe terminar, y no se irá hasta lograrlo. Si no lo detenemos, va a hacer algo peor —dijo Michael, tratando de traerle calma y fuerza a Josué.

Aunque calmar sus nervios no estaba en su lista de prioridades al principio, sabía que liberar a un traidor con un poder tan grande equivaldría a enfrentarse a una criatura de igual envergadura que la anterior.

—Recuerden que soy el traidor de tu Padre y no creo que quieran perder —dijo aquel forastero, tosiendo con fuerza al terminar.

—¿Perder qué? —preguntó Josué, tratando de encontrar otra palabra para completar la oración; pero le causó gracia darse cuenta de que ni siquiera un demonio podía ofrecerle una respuesta clara.

Aquella criatura estaba perdiendo la paciencia y golpeó ferozmente la puerta, azotándola con algo que no era su mano.

—Josué, abre la puerta, que estoy aquí con él —dijo la voz distorsionada de una mujer mayor.

—Abuela, ¿por qué estás con él? —preguntó Josué al principio. Michael lo tomó de la mano y explicó que, aunque fuera muy similar a esa voz que recordaba, ella nunca habría aceptado estar al lado de un traidor—. Esa voz no es la de mi bisabuela. Debemos hacer algo rápido porque mis padres están aquí. Además, mi mamá está esperando a mi hermano y no podemos dejar que nada le suceda. —Michael se alegró al ver lo responsable que era como hermano mayor.

Aquella voz tosió con fuerza para continuar.

—¿No crees que soy yo, Josué? Debes creerme —se escuchó la voz de una anciana diferente de la primera.

—Josué, no sigas su juego. Vas a dejarla entrar y no será bueno para nosotros —dijo Michael, jalándolo más adentro de la casa.

—Sé que está mintiendo, pero debemos utilizar eso para actuar rápidamente —le susurró Josué al oído.

—Esa no es la señora. No caigas en su juego —dijo Michael, tomándolo de los hombros y mirando hacia la puerta.

—Judas, utilizaste una moneda para hacer eso. ¿Cuántas te quedan ahora? —dijo una voz dentro de la cabeza del traidor.

—¡Maldito, abre la puerta, o la tiraré abajo y acabaré con el chico! —gritó Judas, golpeando con furia.

—Inténtalo —respondió Michael, mientras tomaba a los padres de Josué, uno en cada mano. Mirando a este, dijo—: Debemos llevar a tus padres a sus cuartos. Les puse un hechizo de sueño, pero no he cambiado sus memorias desde que me transformé. No sé qué pasará.

Ya más calmado, en el cuarto de sus padres, Josué tomó una mano de Michael y lo miró con ternura.

—Por ahora no nos preocupemos por eso. Vamos a acabar con Judas.

—Tú ve a un extremo y yo voy al contrario. Te voy a dar un arco. Debes canalizar tu poder para generar las flechas. Recuerda que tu alma y tu energía provienen del Cielo, del poder mismo de Dios. —Michael le dio el arco a Josué y, rápidamente, le explicó cómo usarlo y generar energía para las flechas. Josué miró al suelo y suspiró.

—Michael, ¿tú crees que podré hacerlo? —preguntó cabizbajo.

—Confío en ti. Puedes hacerlo —le dijo Michael, haciendo que el arco resplandeciera—. ¿Dónde estará Judas? —Miró a todas partes, su visión limitada por las paredes.

—Todo el lugar se ha puesto del color del veneno que los sabuesos tenían, como la estatua. La niebla envuelve la casa y no veo nada —respondió Josué, con su voz llena de preocupación.

—No veo nada. No sé dónde se habrá metido Judas. Vamos a subir al techo para ver si podemos localizar al maldito —dijo Michael, intentando guiar a Josué.

Un estruendo fuerte resonó en la entrada de la casa. La puerta principal se sacudió bajo el impacto y una voz siniestra se infiltró en la atmósfera, helando la sangre de todos los presentes.

—No soy bienvenido, pero ya hemos entrado y no nos iremos hasta tener al chico en nuestras manos. Esa sangre la llevaremos caliente —dijo Judas con un tono grotesco.

Al verse incapaz de entrar a la casa, sacó dos monedas del saco que Gabriel le había dado. Con un movimiento teatral, las dejó caer. Al tocarlas, se desató un destello oscuro y antinatural. Las monedas comenzaron a vibrar y emitir un sonido gutural que resonaba. El aire alrededor de Judas se volvió denso, cargado de una energía gigantesca. De aquel resplandor oscuro emergieron criaturas sombrías, deformes y temibles; cada una, una manifestación de la traición y la desesperación que Judas llevaba dentro.

Las sombras se agitaron y se dividieron en otras, formando figuras aladas y grotescas con ojos brillantes y garras afiladas. El poder que emanaba de las monedas era palpable y las criaturas se postraron ante él, listas para obedecer cada una de sus órdenes.

—¡Ustedes encárguense de Josué! Yo me encargaré de su protector —ordenó Judas, señalando a sus secuaces, las criaturas de sombras que se materializaban a su alrededor.

Josué se alteró al escuchar el estruendo de la puerta al ser destruida. Tomó a Michael por el brazo y le dijo:

—No podemos destruir la casa. Haz algo con mis padres. No debe pasarles nada. Debemos actuar rápido, están subiendo por la escalera.

Los secuaces de Judas habían logrado romper la puerta, a pesar de los hechizos celestiales, abriéndose paso para ingresar.

—Ya he hechizado los cuartos —dijo Michael, volteándose hacia Josué—. Ahora vámonos. Saldremos por la parte de arriba de la casa. Hay un tragaluz que podemos usar para llegar al techo y tener una visión más amplia.

Tomando a Josué, Michael dejó una gran energía para proteger a los padres del chico. Subieron rápidamente al techo a través del tragaluz.

—Michael, estamos encima de la casa. Vamos a otro lugar, aléjate —mencionó Josué, pero algo lo interrumpió antes de que pudiera terminar de expresar lo que sentía.

De repente, un sonido gutural y siniestro llenó el aire. Un montón de arpías cayeron sobre Josué. Con sus garras afiladas arañaban y atacaban, intentando derribarlo al suelo. El joven luchaba por mantener el equilibrio, defendiéndose como podía de las criaturas aladas.

—¡Michael! —gritó Josué, intentando liberar sus alas angelicales para escapar de las arpías.

En ese instante, Judas emergió entre la niebla, mientras su figura estaba envuelta aún con sombras. Con un movimiento ágil, desenvainó una soga que utilizaba como látigo y comenzó a atacar a Michael. Cada golpe resonaba con un sonido sordo, mientras el látigo cortaba el aire y lo golpeaba por todos lados.

—¡Es inútil resistirse! —vociferó Judas con una sonrisa macabra—. ¡No escaparás de tu destino!

—¡Michael! ¿Qué hago? —gritó Josué entre los ataques, sintiendo el pánico crecer dentro de él.

Michael, luchando por mantener su posición mientras se enfrentaba a Judas, cogió fuerza y agarró con firmeza el látigo, resistiendo el dolor de los latigazos.

—¡Josué, por tus venas corre sangre de ángel! ¡Acaba con ellas! ¡Utiliza el arco! —gritó Michael lleno de fuerza.

Josué recordó sus instrucciones, levantó el arco y apuntó al cielo. La luz divina que recorría su cuerpo se concentró en el arma, comenzando a formar una flecha de energía pura donde antes no había nada. La flecha se materializó lentamente, brillando con una intensidad cegadora.

Con un profundo respiro, Josué enfocó toda su voluntad y su fuerza en ella. Las arpías, aún recuperándose del estallido de luz anterior, se abalanzaron nuevamente sobre él; pero esta vez Josué estaba preparado.

—¡Por Dios, no me falles! —murmuró para sí mismo.

Finalmente, soltó la cuerda del arco y la flecha de luz surcó el cielo con una velocidad y una precisión increíbles. El resplandor era tan intenso que iluminó toda la zona.

—¡Mueran, malditas! ¡No me dejaré vencer por ustedes! —exclamó Josué, sintiendo un ardor en su interior mientras mantenía su arco en alto.

Observó cómo se alejaba la flecha hacia las alturas. La niebla que cubría el lugar comenzó a disiparse lentamente, revelando el panorama a su alrededor.

—¿Ves, Judas? Mi aprendiz sabe muy bien lo que hace. Tendrás que lidiar con algo más que un simple aprendiz —respondió Michael con calma, sosteniendo con firmeza el látigo para evitar otro ataque.

Josué, observando la lucha entre ambos, no pudo contenerse y gritó:

—¡Judas, aprende a cuidar tus palabras y a considerar tus acciones antes de tomar decisiones precipitadas!

Judas, furioso por la intervención de Josué, liberó el látigo del agarre de Michael, preparándose para un nuevo ataque.

En ese momento, un rayo iluminó todo el cielo, envolviendo el lugar en una intensa luminosidad. Los demás se quedaron atónitos ante este poderoso fenómeno celestial, preguntándose qué podría significar y quién sería el portador de semejante energía divina.

—Mi nombre es Josué y pondré fin al mal en el universo —declaró Josué, levantándose envuelto en una energía que se igualaba al resplandor de la flecha al impactar.

De la luz, comenzaron a llover flechas que perforaron a cada una de las arpías que rodeaban a Josué, derribándolas una por una. Pero la batalla aún no había terminado. ¡Explotaron! Cada flecha clavada en los cuerpos de las arpías estalló en explosiones de luz, desintegrándolas por completo.

—¿Dónde aprendió eso, maldito? —masculló Judas, mirando furioso a Josué.

Mientras tanto, Michael lanzó un pequeño ataque contra Judas, haciéndolo tambalearse.

—No te distraigas, Judas. Te derrotaré —afirmó Michael con rabia, a pesar de las heridas que cubrían su cuerpo.

—¡No confíes mucho en lo que dices! —gritó Judas, lanzando el látigo contra su cuerpo y enredándolo hasta las alas.

El lazo con el que fue ahorcado enredó el cuerpo de Michael, neutralizando los poderes de ángel y dándole choques de electricidad cada vez más fuertes.

—Caíste en mi trampa.

—¡Espera! ¿Miraste en tu corazón? —murmuró Michael, sonriendo directamente al pecho de Judas.

—¡Maldito! ¿Cómo has enterrado una flecha en mi corazón? Recuerda que Gabriel no solo me dio el poder para salir del Infierno.

—¿Cuántos corazones tiene un demonio? —se preguntó Josué—. No lo quiero saber, pero tu cuerpo sabrá lo que es ser neutralizado por el poder divino.

El pecho de Judas explotó en pedazos, dejando un hueco de extremo a extremo.

—Ahora ves que los demonios no tienen corazón. Su alma se convierte en su cuerpo y su poder viene de él por completo. Acabas de destruirlo.

—¡Mierda! —exclamó Josué al ver que su ataque sorpresa no había logrado el objetivo; cayó de rodillas.

En un movimiento rápido, Michael cobró fuerza y se desenredó, usando sus grandes alas para soltarse del látigo. Apareció justo detrás de su oponente.

—Judas, ¿te acuerdas de la primera regla de las batallas? No dejes de ver a tu oponente —le dijo muy cerca.

Judas se volteó al escuchar la voz de Michael a su lado.

—Maldito, ¿en qué momento te desataste de la soga? —dijo el traidor, mirándolo con mucho temor.

—Ahora tú serás el que morirá bajo su propio pecado. —Michael lo cogió con su propio lazo, que una vez fue usado para matarlo, y tiró con muchísima fuerza.

Entre gritos, Judas se retorcía, gimiendo.

—¡Maldito, acabarán contigo! —repitió entre quejidos con respiración entrecortada.

Michael logró bajar completamente la guardia de Judas para que Josué lo tomara por sorpresa.

—Josué, acaba con él. ¡Utiliza el arco! —le gritó Michael para que neutralizara por completo a su rival.

—¡VAYAN HACIA ÉL! —fue lo único que gritó Josué al disparar la flecha de su arco, después de haberlo llenado rápidamente con su propia energía.

Las flechas atravesaron el cuerpo de Judas y, con fuerza, Michael lo lanzó al aire y explotó en pedazos. Las partes de Judas cayeron y el cielo se despejó por completo.

—Ahora, ¿cómo vamos a limpiar esto, Michael? —preguntó Josué.

—Bueno, de la misma manera que vino, se irá —respondió Michael, lanzándose al suelo sobre su trasero mientras extendía las alas.

Ambos chicos observaron que, tras la aparente muerte de Judas, todo estaba en calma. Sin embargo, se sintieron nerviosos por el ominoso silencio que había quedado tras el fin de la batalla.

—Michael, hace tiempo que no nos vemos. —Una voz resonó a través del silencio. Era Gabriel, que emergía de la tierra misma—. Esta vez acabaste con un subordinado, pero pronto nos enfrentaremos nuevamente —resonó a través de la espesa niebla violeta que emanaba de las puertas del Infierno. Los gigantescos tablones se abrieron, arrastrando los pedazos de Judas hacia su interior.

Los dos ángeles se miraron, buscando una explicación a por qué Gabriel no se atrevió a atacarlos directamente.

—Lucifer, ¿qué haremos con esto? Sabes el poder que tiene ese humano; no podemos comenzar la invasión al plano terrenal si él sigue vivo —rugió Gabriel, lanzando los trozos de Judas ante la silueta borrosa de Lucifer en la completa oscuridad.

—Sabemos por qué Michael está impidiendo que esto pase —mencionó la silueta, moviéndose con una inquietante delicadeza y acentuando cada palabra—. Si llegan a llevar al chico al Cielo, sabes lo que va a pasar. No podremos hacer nuestro plan realidad. Entonces, Gabriel, ¿qué podemos hacer? He estado atrapado en el último círculo durante milenios. Solo puedo llevar mi alma tras un gran maleficio, pero mi cuerpo queda atrás. En él reside todo mi poder —dijo la ilusión de Lucifer, mirando la gigantesca criatura a sus espaldas—. Hasta que puedas cruzar los círculos, debes tener el poder para encontrar al chico y traerlo. —Cogió a Gabriel por las cadenas—. El pacto entre el Cielo y el Infierno fue sellado con el hijo de Dios, Jesús. Pero ese chico ha nacido para reencarnar esa misma energía, y no podemos dejar que eso pase. —Todo ardió a su alrededor.

—¿Entonces, Lucifer, cuál es el plan? —preguntó Gabriel, siendo lanzado contra el suelo por las cadenas que lo tenían atado—. Se supone que tienes un montón de aliados y miles de guerreros a tu lado — murmuró.

—Sí, los tengo; pero, sin salir de aquí, no puedo hacer mucho. Puedo corromper sus mentes, pero hasta ahí. No puedo hacer que todos los humanos busquen al chico si no tengo acceso total al plano terrenal. —Mostró el mundo a través de sus llamaradas—. El plan es simple. —Hizo un chasquido con los dedos—. Tomamos al muchacho y nos lo traemos.

Gabriel lo miró burlonamente. La silueta lo arrastró, jalando las cadenas; pero Gabriel, entre escupitajos de sangre, respondió de forma arrogante:

—Si llegan al Cielo primero, van a utilizar ese poder del chico y estaremos todos jodidos. Debemos traer el Apocalipsis y yo soy parte de él, lo sabes, Lucifer.

—La gran Babilonia llegará a la Tierra y traeremos la nueva verdad a todos —dijo Lucifer, recordando la Torre de Babel y aquellos gloriosos momentos del auge de la humanidad—. Sus almas ya están marcadas por la bestia, al igual que los que Dios salvará. Si hacemos esto, todos quedarán bajo mi poder; incluso si Él baja de nuevo a la Tierra. —Mostró un pequeño pergamino con una pintura.

—¿Qué tan probable es que eso pase primero, Lucifer? —preguntó Gabriel, incorporándose para tomar el pergamino.

—Él bajará cuando se desate la guerra de nuevo, y no solo eso: sus ángeles podrán destruirnos si Dios lo propone. Pero esto hará que todos cambien de opinión —mencionó la figura de Lucifer, ayudándolo a levantarse—. No solo acabará con las almas impuras, sino también con nosotros, los caídos que se rebelaron ante Dios. Ahora escucha bien, Gabriel. —Le cogió la barbilla—. Vas a mandar las hordas de demonios a poseer cada alma en desgracia, así comenzaremos. —Le abofeteó levemente la mejilla derecha—. Empieza con los líderes, los que tienen poder. Luego, las personas que estén en su punto de quiebre y desesperación. Acaba con su fe y deja que entren al mundo a través de ellos. Eso sí, si algún humano se opone a que mi palabra se haga, no le hagas nada; yo me encargaré cuando realmente sea necesario. —Lucifer se carcajeó.

—Está bien, mi querido amo —dijo Gabriel, arrodillándose ante la gigantesca energía frente a él.

—Si te equivocas, acabaré contigo yo mismo —rugió una grotesca bestia al final del último círculo.

Gabriel lo miró despectivamente y murmuró:

—Si acabas conmigo, créeme que no habrá Apocalipsis. — Sonrió.

—Nadie aquí es importante para mí, y menos tú, un arcángel que solo hizo lo que podía para salvar a alguien; pero al final fue utilizado por mí —dijo la silueta de Lucifer, echando fuego por la boca.

Gabriel se levantó del suelo con fuerza, agitando sus nuevas alas y, con una voz gruesa, dijo:

—¿A quién tratas de engañar, Lucifer? Todos sabemos qué sucedió en el palacio. Cuando te rebelaste, muchos se quedaron sin tu mando; por lo que no sabían qué hacer; hasta que fuiste desterrado por completo y tomé tu lugar. —Agitó sus enormes alas de murciélago.

La silueta, con un chasquido, hizo que las cadenas lo arrastraran y lo golpeasen contra el suelo, para luego colocarle una daga en la garganta, penetrando un poco su carne.

—Tú no sabes nada, Gabriel. La próxima vez, este cuchillo no estará en mi mano, sino en tu garganta. Además, tengo otra tarea para ti. Cúmplela —refutó Lucifer, deslizando la daga por la garganta de Gabriel y bajando hasta su pecho.

—¿Qué necesitas?

—Busca mis alas, deben de estar en alguna parte de la Tierra. —Lucifer dejó escapar una gran sonrisa tras su petición. Gabriel se quedó en silencio por un momento.

—Sé quién las tiene. —A pesar de su deseo profundo de hacer algo bueno, el destino estaba enmarcado hacia este momento de oscuridad. Lucifer sonrió alegremente.

—Tráemelas y destruye a quien las tiene.

—Será todo un gusto —mencionó Gabriel, volvió a levantarse tambaleándose.

—Antes de que te vayas, ¿cómo sabes dónde están mis alas? —Lucifer se acercó rápidamente a él.

—Porque yo fui quien ayudó a Michael al desterrarte y las oculté en un templo en el palacio —dijo Gabriel, escupiéndole en la cara.

—¡Maldito seas, Gabriel! —Recordó que fue el mismo Gabriel quien ejecutó su caída—. Luego de esto me la vas a pagar. No te confíes, no soy tu amigo —dijo Lucifer entre murmullos.

Gabriel se aclaró la garganta para enfurecer más a su hermano.

—¿Quién dijo que éramos amigos? Está claro que solo estamos aquí porque nos toca. — Demostró que sus planes eran más personales.

—Menos mal que lo tienes claro, Gabrielito. Si no fuese así, ya habría acabado contigo desde que te volví a ver —dijo Lucifer, sonriendo.

—¿Ya me puedo ir, jefe? —La silueta no respondió a la pregunta y lo miró fijamente—. Antes de que me vaya, ¿a quiénes mandarás para vigilar que se cumpla tu palabra? —Sonrió con ironía.

—Llévate estos amuletos y déjalos en el mar; ellos llegarán a sus dueños solos —dijo la silueta de Lucifer, invocando algunos artefactos rudimentarios, que cayeron a los pies de Gabriel.

Antes de que Gabriel se marchara, Lucifer escupió una llamarada hacia su dirección, creando un portal. Antes de que lo cruzase, Lucifer le hizo una pregunta.

—Gabriel, ¿sabes cómo tu Padre formó el universo?

—A pesar de ser uno de los arcángeles, mi deber no era ver la creación —respondió Gabriel, dejando que la silueta de Lucifer se desanimara.

Pero la ilusión tomó aire y respondió a su propia pregunta.

—Antes de que todo pasara, yo era la luz del Cielo y lo ayudaba en todo lo que pedía. Hice lo mejor posible para poder ver lo que ahora vemos —dijo la silueta de Lucifer, dejando caer una lágrima.

Gabriel hizo poco caso a la corta historia y siguió caminando. Rugió desde la lejanía:

—¡Luego me hablas de esto, ahora hay trabajo por hacer! —Levantó una mano como despedida.

«Gabriel tiene libre albedrío sobre los círculos del Infierno. Es fácil para un recién caído caminar por este mundo y atravesarlo; puede ir a donde desee», se dijo Lucifer, observando que le resultaba sencillo moverse por allí, incluso en esa época actual.

Después de un largo camino, Gabriel llegó al Limbo, el primer círculo de la ciudadela del Infierno. Durante el trayecto, reflexionó sobre lo que Lucifer había mencionado. ¿Cómo es que él sabía todo lo que se había planeado durante millones de años? A menos que todo ya fuera una profecía.

«A pesar de todo, tengo que seguir con mi plan. No debo detenerme. Quiero acabar con Michael, aun si tengo que volver a perder mi gracia por aceptar esa alma», se dijo Gabriel, recordando al pequeño.

—Ahora, Cerbero, llévame a cada punto del mar de la Tierra para dejar lo que Lucifer nos ha dado. Veamos cómo surge el caos —le ordenó al guardián de la entrada del Infierno.

El gran perro abrió las puertas y lo llevó a los lugares señalados por los amuletos. Gabriel dejó cada uno en los sitios indicados por los artefactos.

Los cien amuletos irradiaban una gran cantidad de maná venenoso, similar a la niebla que cubría el mismo abismo. La neblina se extendió hasta los poblados aledaños, llegando a los hogares de cada uno de los elegidos.

—Ahora sí, veamos qué sucede cuando un amuleto llega a un ser humano —dijo Gabriel, sonriendo al gran perro demoníaco.

Siguió el que más llamó su atención junto a Cerbero. Era una pequeña cruz, similar a las que se ponían en las iglesias. Estaba hecha de mármol con bordes dorados e irradiaba una gran fuerza demoníaca.

—Veamos qué va a suceder —le dijo a Cerbero.

Al mismo tiempo, la niebla llegó hasta una pequeña casa con tejados de caña y barro recién secado. «La cruz está llegando a su destino. Ahora veamos qué puede hacer el poder de Lucifer en los humanos», pensó Gabriel, observando la escena.

Una pequeña niña estaba cargando una vasija con agua y un paño sobre su hombro. Entró al cuarto donde un hombre mayor yacía postrado en la cama.

—Papá, ¿estás bien? Tu frente está muy caliente —se oyó decir a la pequeña.

Aquel hombre, con sus pocas fuerzas, trató de levantarse para tomar las cosas que le había traído.

—Sí, hija, está todo bien. Solo es un poco de fiebre. Iré a dormir —dijo el hombre, reconfortándola para que saliera de la habitación.

Cuando se sintió completamente solo, entre su dolor y el delirio de la fiebre, Gabriel apareció en su cuarto con un aura demoníaca a su lado. El hombre se estremeció e intentó alejarlo.

—¡Lucifer, este no era el trato! —gritó el hombre al arcángel caído. Gabriel, sorprendido, lo miró fijamente y le sonrió.

—Entonces, hiciste un pacto con el propio Satanás. Cuéntame, ¿fue tu alma o la de tu hija la que ofreciste? —Gabriel rio al final. El hombre enrojeció más.

—Quería que mi hija viviera y le prometí mi alma cuando la necesitara. Pero no estoy listo para esto —dijo el hombre, tratando de mantener la calma ante la figura demoníaca de Gabriel.

—No te preocupes, buen hombre. Si no te niegas a esto, tu hija estará a salvo conmigo — mencionó Gabriel, intentando sonar lo más razonable posible. El hombre lo miró con desdén.

—¡Este no fue el trato, dejen a mi hija en paz! —gritó, tratando de ponerse de pie.

Gabriel lo miró con cautela antes de responderle.

—Lo siento; pero debes tomarlo, o ella lo hará por ti. —Se giró hacia la pequeña, que había regresado al escuchar los gritos.

El señor caminó cojeando rápidamente hasta tomarla de los brazos y abrazarla.

—Hija, te amo —dijo entre murmullos.

—Papito, ¿quién es este hombre? ¿Es un amigo tuyo? —preguntó la pequeña, intentando entender todo lo que estaba viendo.

—Sí, hija, déjanos un rato —le dijo él, bajándola y empujándola suavemente para que saliera.

Ella, entre su confusión, intentó seguir lo que le decía y respondió con una sonrisa:

—Está bien, papito.

Gabriel, sin desaprovechar un minuto valioso, tomó al hombre de la muñeca con mucha fuerza para decirle:

—La niña ya salió, ahora acepta el trato y nos vamos.

El hombre empezó a sollozar en silencio y, luego de limpiarse los ojos, lo miró fijamente y le dijo con palabras claras y pausadas:

—Solo no dejes que le pase algo a mi hija.

Gabriel sacó de su interior lo que Lucifer le había mandado y le dijo al hombre:

—Está bien, hombre, solo toma el trato. —Le pasó un bolígrafo y una hoja con el contrato que Lucifer pedía para los marcados.

—Yo acepto mi traición al Cielo y ofrezco mi alma al Averno como acordamos hace años, Lucifer. Doy mi alma por mi hija —respondió el hombre, firmando.

Luego de esas palabras pronunciadas, la cruz apareció sobre su regazo, desplegando toda la niebla sobre él. Transformó su cuerpo y lo deformó hasta crear una criatura con alas de murciélago, cara de perro y grandes piernas con garras.

«Entonces, a esto llamamos una transformación completa de sus demonios internos», pensó Gabriel. Luego prosiguió mirando a la criatura con cautela, pero con fuerza, y le gritó:

—¿Quién demonios eres tú?

—Camazotz es mi nombre, Gabriel —dijo aquella criatura al arcángel caído.

—¿Cómo sabes mi nombre? —cuestionó un poco incrédulo. La criatura lo miró fijamente antes de responderle:

—Todos nos conocemos.

—Acaba con la niña y nos vamos —le ordenó Gabriel, volviéndose sin hacer caso a sus palabras.

«La niña», pensó la criatura. Gabriel lo miró con desdén.

—Sí, acaba con ella y nos vamos. ¿No te queda claro?

—Claro —respondió la criatura, asintiendo a la petición.

El ser caminó hasta el cuarto de la pequeña hija de aquel hombre y un grito desgarrador se escuchó en plena oscuridad. La criatura, luego de cumplir la petición encomendada, volvió a Gabriel y lo empujó con fuerza, tirándolo al suelo.

—Eres un maldito, Gabriel. Ese no fue el trato con este hombre. ¡Yo no debo arrebatar la vida de los humanos que dieron su alma por Lucifer!

—Ahora esto va en serio. Gracias a las almas que han sido ofrecidas a Lucifer, lograremos nuestro cometido: crear la guerra en la Tierra —respondió Gabriel, sonriendo.

—Te equivocas. La guerra no ha empezado. Los marcados serán la entrada del Apocalipsis para dar inicio a la nueva era. Porque no existe el bien sin el mal —replicó la criatura, alejándose con Gabriel hacia alguna parte.